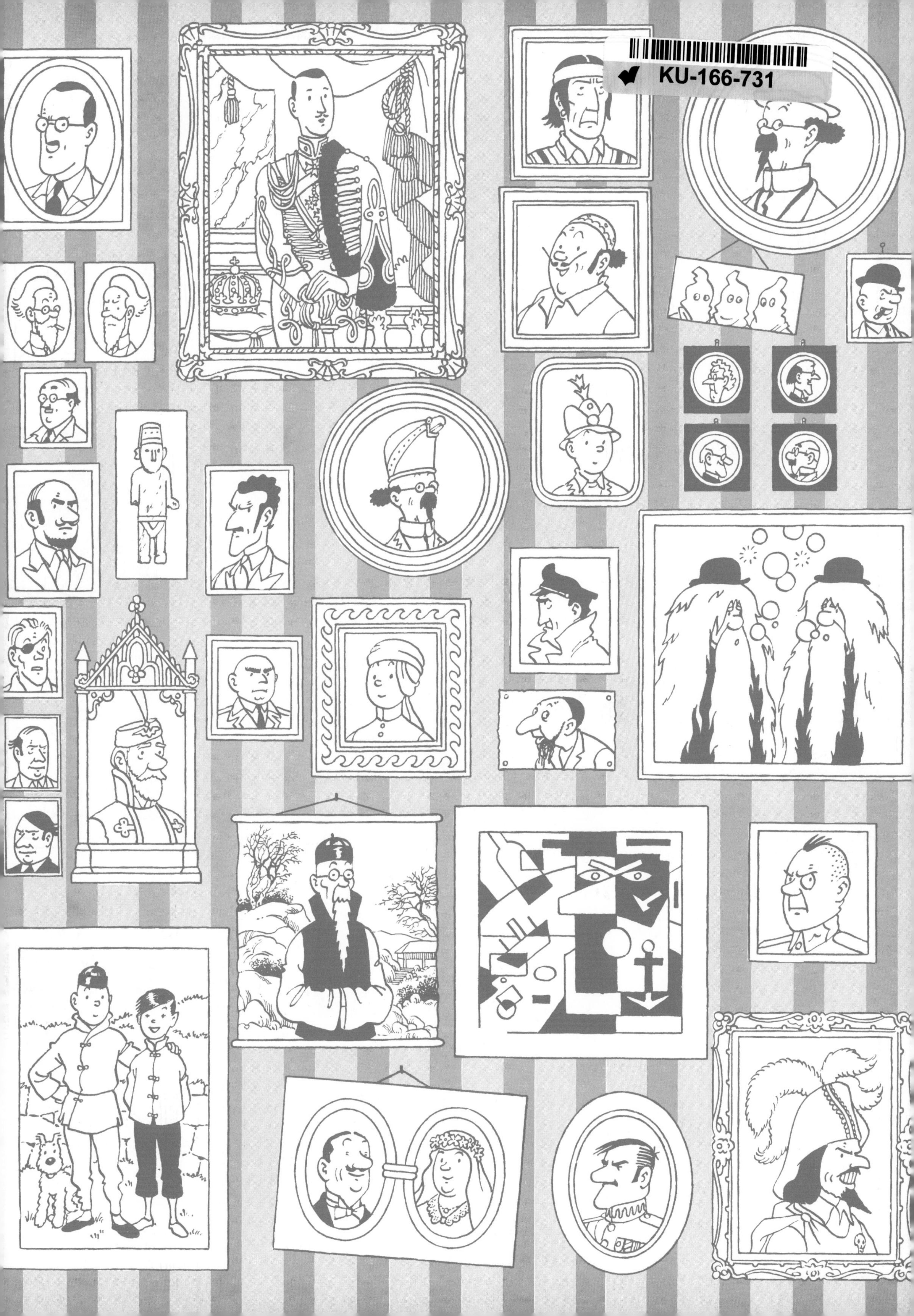

- HERGÉ -

LES AVENTURES DE TINTIN

L'OREILLE CASSÉE

casterman

Les Aventures de TINTIN et MILOU
sont disponibles dans les langues suivantes :

allemand :	CARLSEN
alsacien :	CASTERMAN
anglais :	EGMONT
	LITTLE, BROWN & Co.
basque :	ELKAR
bengali :	ANANDA
bernois :	EMMENTALER DRUCK
breton :	AN HERE
catalan :	CASTERMAN
chinois :	CASTERMAN/CHINA CHILDREN PUBLISHING GROUP
cinghalais :	CASTERMAN
coréen :	CASTERMAN/SOL PUBLISHING
corse :	CASTERMAN
danois :	CARLSEN
espagnol :	CASTERMAN
espéranto :	ESPERANTIX/CASTERMAN
finlandais :	OTAVA
français :	CASTERMAN
gallo :	RUE DES SCRIBES
gaumais :	CASTERMAN
grec :	CASTERMAN
indonésien :	INDIRA
italien :	CASTERMAN
japonais :	FUKUINKAN
khmer :	CASTERMAN
latin :	ELI/CASTERMAN
luxembourgeois :	IMPRIMERIE SAINT-PAUL
néerlandais :	CASTERMAN
norvégien :	EGMONT
occitan :	CASTERMAN
picard tournaisien :	CASTERMAN
polonais :	CASTERMAN/TWOJ KOMIKS
portugais :	CASTERMAN
romanche :	LIGIA ROMONTSCHA
russe :	CASTERMAN
serbo-croate :	DECJE NOVINE
slovène :	UCILA
suédois :	BONNIER CARLSEN
thaï :	CASTERMAN
turc :	INKILAP PUBLISHING
tibétain :	CASTERMAN

www.casterman.com
www.tintin.com

ISBN 978 2 203 00105 3
ISSN 0750-1110

Achevé d'imprimer en février 2014, en France par Pollina s.a., Luçon - L24349. Dépôt légal : 4e trimestre 1960; D. 1983/0053/172.

L'OREILLE CASSÉE

DAHOMEY
POTEAUX
POLYCHROMES

MASQUE
BAPENDÉ

N°15

TÊTE EN B
COUVERCL
Trouve
PACHACAMA

1783

N° 3542
FÉTICHE ARUMBAYA

La tribu des ARUMBAYAS
habite le long du fleuve
BADURAYAL, sur le terri-
toire de la RÉPUBLIQUE
de SAN THEODOROS
(AMÉRIQUE du SUD)

On
ferme!

Tiens! il est
déjà cinq
heures...

DRRRING

Allons! debout,
paresseux! Il
est temps.

Toréador, en ga-a-
a-arde! ♫ Toréa-
dor ♪ Toréador ♪

Toréador ♫♫ et ♪ trala-
la-la-la ♫♫ la la la la
un œil noir te regaa-
aaaarde ♪

HARPE GUITARE
BIRMANE

?!¿★!
??

Flexion des jambes,
élévation des bras:
un!... deux!... un!...
deux!...

Et à présent, un bon bain:
voilà qui achèvera de nous
réveil-
ler.

Et voici les der-
nières nouvel-
les...

Un vol mystérieux
a été commis, cette
nuit, au musée eth-
nographique. Un fé-
tiche d'une grande
rareté a disparu...

Le vol a été découvert ce matin par le gardien du musée. On suppose que le voleur s'est laissé enfermer hier soir et qu'il a attendu l'ouverture des portes pour sortir, car aucune trace d'effraction n'a été constatée...

Vite, Milou, au musée ethnographique!

Monsieur le conservateur? Il est occupé pour le moment: la police est là, pour l'enquête.

Récapitulons. Le gardien a fermé les portes, hier, à 17 h 12: il n'a rien remarqué d'anormal. Aujourd'hui, à 7h., il a repris son service. À 7 h 14, il a constaté la disparition du fétiche n° 3542 et a donné immédiatement l'alarme. C'est bien ça? Bon!... Maintenant, ce gardien, êtes-vous sûr de lui?

Il est au-dessus de tout soupçon. Voilà douze ans qu'il est dans la maison et il n'a jamais encouru le moindre reproche.

D'ailleurs, ce fétiche n'a aucune valeur intrinsèque et ne peut avoir tenté qu'un collectionneur, uniquement un collectionneur...

Ça, par exemple! Quelle bonne surprise!

Mais, c'est notre ami Tintin!

Et... votre avis sur ce vol?

Pour nous l'affaire est claire. Ce fétiche arumbaya n'a aucune valeur... euh.... aucune valeur intrinsecte. C'est donc un collectionneur qui a fait le coup.

C'est mon opinion et je la partage.

Quelques heures plus tard...

Voilà le livre que je cherchais; je crois qu'il y est question des Arumbayas.

CH. J. WALKER

VOYAGES AUX AMERIQUES

GRAVEAU-EDITEUR
1875

Oh! Oh! Voilà qui est intéressant... Écoute, Milou. "Ce jour-là, nous rencontrâmes les premiers Arumbayas. Une longue chevelure, noire et huileuse, encadrait leur face cuivrée; ils étaient armés de longues sarbacanes, au moyen desquelles ils lancent des fléchettes empoisonnées au curare". Tu entends, Milou?

us décidâmes d'y rester. Le sole et nous fit verser d'abondantes

fig 123
ARUMBAYA
armé de la sarbacane.

...le curare, ce terrible poison végétal qui paralyse les muscles respiratoires!...Oh!..."Fétiche arumbaya"... Mais... Mais... c'est celui-là même qui a été volé!

et j'en fis un croq fort exact. (fig. 12 bres, ils me l'écha

fig 127
FÉTICHE ARUMBAYA
ous fûmes très ét ef, ou celui qui pa

Curieuse coïncidence, ne trouves-tu pas, Milou?...Il s'en moque: il dort. Eh bien! je vais l'imiter.

Le lendemain matin.

C'est de la sorcellerie!

Allo?... Allo?... Allo, monsieur le conservateur?...

C'est moi, oui... Ah! c'est vous, Jules?...Oui?...Quoi? ...le...fétiche... Saperlipopette! J'accours...

C'est inouï! Le fétiche a été retrouvé ce matin à sa place habituelle, avec cette lettre, posée bien en évidence, à côté de lui. Qu'en pensez-vous?

Humm!

Hum!

À mon avis, messieurs, ce fétiche est ensorcelé.

Monsieur le Conservateur,

J'avais parié avec des amis que je réussirais à dérober une pièce de votre musée.

J'ai gagné mon pari. Aussi je vous restitue l'objet volé.

Avec toutes mes excuses, veuillez agréer, Monsieur le Conservateur, mes salutations distinguées.

X.

!

N° 3542

FÉTICHE ARUMBAYA

La tribu des ARUMBAYAS habite le long du fleuve BADURAYAL, sur le territoire de la RÉPUBLIQUE de SAN THEODOROS

Mon opinion est faite: cette lettre est une lettre anonyme!

Je dirais même plus: une lettre anonyme dont l'auteur est inconnu!

Ainsi, d'après la police, l'affaire est terminée. Eh bien! ce n'est pas mon avis...

Qu'est-ce qu'il mijote encore?

Je vous demande pardon, monsieur!

Voyons, Tintin! Regarde au moins devant toi!

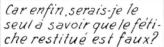

Car enfin, serais-je le seul à savoir que le fétiche restitué est faux?

En voici la preuve: l'auteur de ce livre déclare que son croquis est "fort exact". Or, d'après ce dessin...

... l'oreille droite du fétiche est légèrement abîmée: il y manque un petit morceau.

FÉTICHE ARUMBAYA

Et l'oreille droite du fétiche restitué est intacte! C'est donc une réplique de l'original. Qui donc aurait intérêt à posséder le véritable?... Un collectionneur? C'est fort possible... Voyons ce que les journaux disent de cette affaire.

Encore un peu et il se croira aussi fort que Sherlock Holmes!

!......

IMPRUDENCE

Ce matin, des locataires de l'immeuble sis 21, rue de Londres, ayant senti une forte odeur de gaz qui semblait provenir de la chambre occupée par M. Balthazar, peintre-sculpteur, prévinrent la police. Celle-ci fit ouvrir la porte et découvrit l'artiste inanimé sur son lit: la mort avait fait son œuvre. On a constaté que la victime avait oublié de fermer le robinet de son réchaud à gaz. Détail curieux son perroquet ne paraissait pas avoir souffert des émanations. M. Balthazar avait à maintes reprises attiré l'attention de la critique par une série de statuettes en bois dont la technique toute particulière évoquait la sculpture exotique.

Ne tourne donc pas comme ça: tu me donnes le vertige!

Une demi-heure plus tard...

Pardon, madame, c'est bien ici qu'habitait monsieur Balthazar?

Oui, c'est ici. Ah! jeune homme, quel malheur!... Il était si poli!... Et il avait tant d'instruction!... Bien sûr, il ne payait pas très régulièrement son loyer, mais enfin, il le payait. Et il était si bon pour les animaux: il avait un perroquet et trois souris blanches...

Je...

Le perroquet, je l'ai pris chez moi, en attendant. Mais je ne pourrai pas le garder. Si vous connaissiez un amateur, je...

Excusez-moi, mais j'aurais désiré jeter un coup d'œil dans la chambre de monsieur Balthazar.

Je vais vous la montrer... Et propre qu'il était! Je le vois encore, avec son éternel costume de velours noir et son grand chapeau... Et ce qu'il pouvait fumer! Toujours la pipe à la bouche. Mais il ne buvait pas...

Ah?

Voilà, c'est ici...

C'est ici que nous l'avons trouvé. Nous avons dû faire venir un serrurier, car la porte était fermée de l'intérieur. Et le gaz sifflait en sortant du réchaud.

Un bout de tissu de flanelle grise...

Et quel talent!... Regardez ces fleurs, comme elles sont naturelles; on dirait qu'elles vont rire...

Vous le connaissiez bien, monsieur Balthazar?

Euh... C'est-à-dire... pas très intimement.

Et si parfois vous trouviez un amateur pour le perroquet... C'est une si gentille bête.

Entendu, je penserai à vous! Au revoir, madame

Un accident?... Bizarre accident, en tout cas...

Oui, drôle d'accident!... Le gaz sifflait en sortant du réchaud. Donc, si le robinet avait été ouvert au moment où Balthazar s'est mis au lit, il l'aurait entendu. Sauf s'il était ivre; mais il ne buvait pas. Quelqu'un a donc ouvert le robinet, et cela après la mort du sculpteur, puisque les émanations du gaz n'ont pas suffi à tuer le perroquet. Ce quelqu'un était vêtu d'un costume de flanelle grise et a fumé une cigarette. Témoins le morceau de tissu...

...et le bout de cigarette qui ne pouvaient provenir de la victime, celle-ci ne fumant que la pipe et portant toujours un costume de velours. On a donc tué monsieur Balthazar. Et on l'a tué parce qu'il avait probablement exécuté pour quelqu'un la réplique du fétiche arumbaya: On ne voulait pas qu'il bavarde... on?... On?... Qui peut être ce "on"?... Comment le savoir?

Oh!... Et pourquoi pas?...

④

Madame, j'ai bien réfléchi: j'achète le perroquet de monsieur Balthazar!

Le perroquet? Ooooooh!

Si vous étiez revenu deux minutes plus tôt!... Je viens de le vendre; le monsieur qui vient de l'acheter sort d'ici à l'instant: vous avez dû le croiser.

Pas de chance!

D'ailleurs, le voilà. Vous voyez ce monsieur qui porte un paquet sous le bras? C'est lui.

Pourvu qu'il consente à me le revendre.

Grrrrros plein d'soupe!

Dites donc, vous!... Ça vous prend souvent, hein?... Sachez que je n'ai pas l'habitude de me laisser insulter!

Yé m'excouse, señor!

C'est bon! Mais une autre fois, vous aurez affaire à moi.

Mais, señor, yé vous assoure qué...

GRRRROS PLEIN D'SOUPE!

Oh! Oh! c'est un pugilat en règle!... Ah, mon Dieu!... Le perroquet!... Le perroquet!...

Le perroquet!

GRRRROS PLEIN D'SOUPE!

Stoupide imbécile! Gros plein dé soupé! Voilà cé qué vous avez fait: mon beau perroquet, il est perdou, envolé!

Le seul témoin de la mort de Balthazar; le seul qui aurait pu parler: et le voilà parti.

Ouné perroquet qué yé tenais dé mon grand-père! Ah! quel malhouré!... C'est égal, yé vous rémercie d'avoir essayé dé lé rattraper.

Il n'y a vraiment pas de quoi.

"Yé lé tenais dé mon grand-père!»... Pourquoi ce mensonge? Aurait-il, par hasard, les mêmes raisons que moi de s'intéresser à cet animal?...

Pendant ce temps...
Monsieur le professeur, il pleut: n'oubliez pas votre parapluie... et n'oubliez pas non plus vos lorgnons.

Soyez sans crainte, Ernestine, mes lorgnons sont dans la poche de mon veston et je n'oublierai pas mon parapluie.

POUET

POUET POUET
?

Tiens! quel animal bizarre!

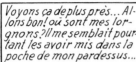
Voyons ça de plus près... Allons bon! où sont mes lorgnons? Il me semblait pourtant les avoir mis dans la poche de mon pardessus...

Ah! c'est un oiseau!

Bonjour, Monsieur, à qui ai-je l'honneur?

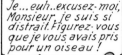
Je... euh.. excusez-moi, Monsieur, je suis si distrait. Figurez-vous que je vous avais pris pour un oiseau!

Je répète: "Perdu superbe perroquet. Rapporter contre bonne récompense, 26, Rue du Labrador." L'annonce paraîtra ce soir, Monsieur.

Yé vais mettre une annonce pour rétrouver cé perroquet.

Voilà: "Perdu superbe perroquet..." Ah! Il y a deux annonces. Eh bien, j'irai voir d'abord à la première adresse: c'est d'ailleurs plus près d'ici.
C'est cela, vas-y vite
Grrros plein d'soupe...

DRRRING

C'est au sujet du perroquet, Monsieur. C'est bien ici que.....?
Ah! oui. Entrez donc.

Est-ce bien celui-là?

Oui, c'est bien lui! Je vous remercie. Vous ne pourriez croire combien j'y tenais. Et voici la récompense.

Au revoir, Monsieur, et merci.
C'est moi qui vous remercie.

Et maintenant, allons écouter Coco dans son répertoire:"Le témoin imprévu?" Mais avant tout...

...je vais lui acheter une cage. Milou, veille bien sur ce paquet: je serai de retour dans quelques minutes...

?

POUET! POUET!

GRRRROS PLEIN D'SOUPE!

Qu'est-ce qu'il va prendre!

Mon Dieu! Ils se battent!... Pourvu que j'arrive à temps pour sauver Coco!

WOUAH * ...CRR POUET

Grrrros plein d'soupe!

Dis donc, as-tu remarqué?...Il y a deux annonces; et on ne nous a pas rapporté le perroquet. Je me demande si quelqu'un n'est pas sur la piste de l'assassin de Balthazar... En tout cas, c'est une adresse à retenir: 26, rue du Labrador.

Pourtant, il n'y a qué deux personnes qui ont vu s'é-chapper le perroquet: cé gros plein de soupe et ouné jeune homme...

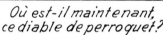

Où est-il maintenant, ce diable de perroquet?

CRAC

CRAC

Pas de doute, il y a des voleurs dans l'appartement...

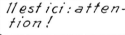

Il est ici: attention!

Haut les mains!

Ah! c'est vous...

Caramba! c'est lé pétit qui a voulou rattraper lé perroquet!

Allons! parlez! Vous vouliez me reprendre le perroquet?

Oui. Cet animal il est à moi. Vous avez agi malhonnêtement: yé mé plaindrai à la police!

Vraiment? Eh bien! faites... Prévenez la police: le téléphone est à votre disposition...

Parlons sérieusement. Je voudrais savoir pour quel motif vous tenez à cet animal...

Allons, répondez...

? ? ?

WOOUIT
CLAC
DZINGG
**
? PAN

Voyant que tu étais pris, je me suis approché doucement et j'ai tourné le commutateur.

Moi, y'ai eu lé temps dé lui lancer ma navaja.

Dix centimètres plus à gauche et pfuit! plus de Tintin! Il va falloir être sur ses gardes: ils ne reculeront devant rien.

Y'ai entendu la lame s'enfoncer dans lé fauteuil; elle a dou passer à ça dé lui.

Oui, tu ferais bien de t'exercer encore...

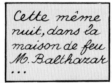

Cette même nuit, dans la maison de feu Mo. Balthazar...

BING
CRAC
CRR

CLAC

Ça y est, les Dupuis se disputent une fois de plus!

Aurez-vous bientôt fini, là-haut?

SILENCE! JE SUIS BALTHAZAR!

AU SECOURS!

C'est le fantôme de M. Balthazar, colonel; j'ai reconnu sa voix: c'est lui, j'en suis sûre.

Fantôme? Connais pas ça, moi, les fantômes!... En avant! Guide à gauche!... s'allons bien voir!

En tirailleurs, vous autres!... et baïonnette au canon!

JE SUIS BALTHAZAR!

Et moi, le colonel Ronchont!... Rendez-vous: vous êtes cerné!

Grrros plein d'soupe!... Je suis Balthazar!

Le lendemain matin...

Exemple touchant de la fidélité des animaux... Cette nuit, les habitants de l'immeuble sis 21, rue de Londres, réveillés par des bruits insolites qui...

Cette fois-ci, la chance est avec moi. Vite! un taxi...

PSSSST!

TAXI!

J'en serai quitte pour aller à pied.

Ah? le perroquet?... Vous n'avez vraiment pas de chance: le monsieur à qui je l'avais vendu hier est venu le reprendre, il y a dix minutes à peine...

Il m'a devancé, le gredin!... Et voilà de nouveau le perroquet entre ses mains.

ATTENTION!

Quel chauffard! S'il avait voulu l'écraser, il n'aurait pas fait autrement.

Oui, il a carrément obliqué vers la gauche.

Vous n'êtes pas blessé?

Non, j'ai eu le temps de sauter en arrière; je ne serais même pas tombé si je n'avais pas heurté le bord du trottoir.

J'ai pu prendre son numéro. Attendez, que je me souvienne... C'est le 16...160.891; c'est bien cela: 160.891.

160.891. Merci.

...N'importe, si cet imbécile n'avait pas attiré son attention, son compte était réglé!

Sans doute, mais le fait est que c'est raté et qu'il va se méfier. Décidément, yé préfère lé poignard.

Dans ce cas, il faut que tu fasses de sérieux progrès: tu lances toujours trop à droite.

Oh! pas tellement...

Voilà...160.891: Docteur Eugène Triboulet, 120, avenue du Troubadour. Bon!

Cette fois, je crois que je suis sur la bonne piste.

AVENUE DU TROUBADOUR

Nous y sommes.

Ce n'est pas ce numéro-là!...le bonhomme qui me l'a donné a sûrement mal vu.

À moins, ce qui est fort possible, qu'ils n'aient mis une fausse plaque à leur voiture! Oh!...

EURÊKA!

⑩

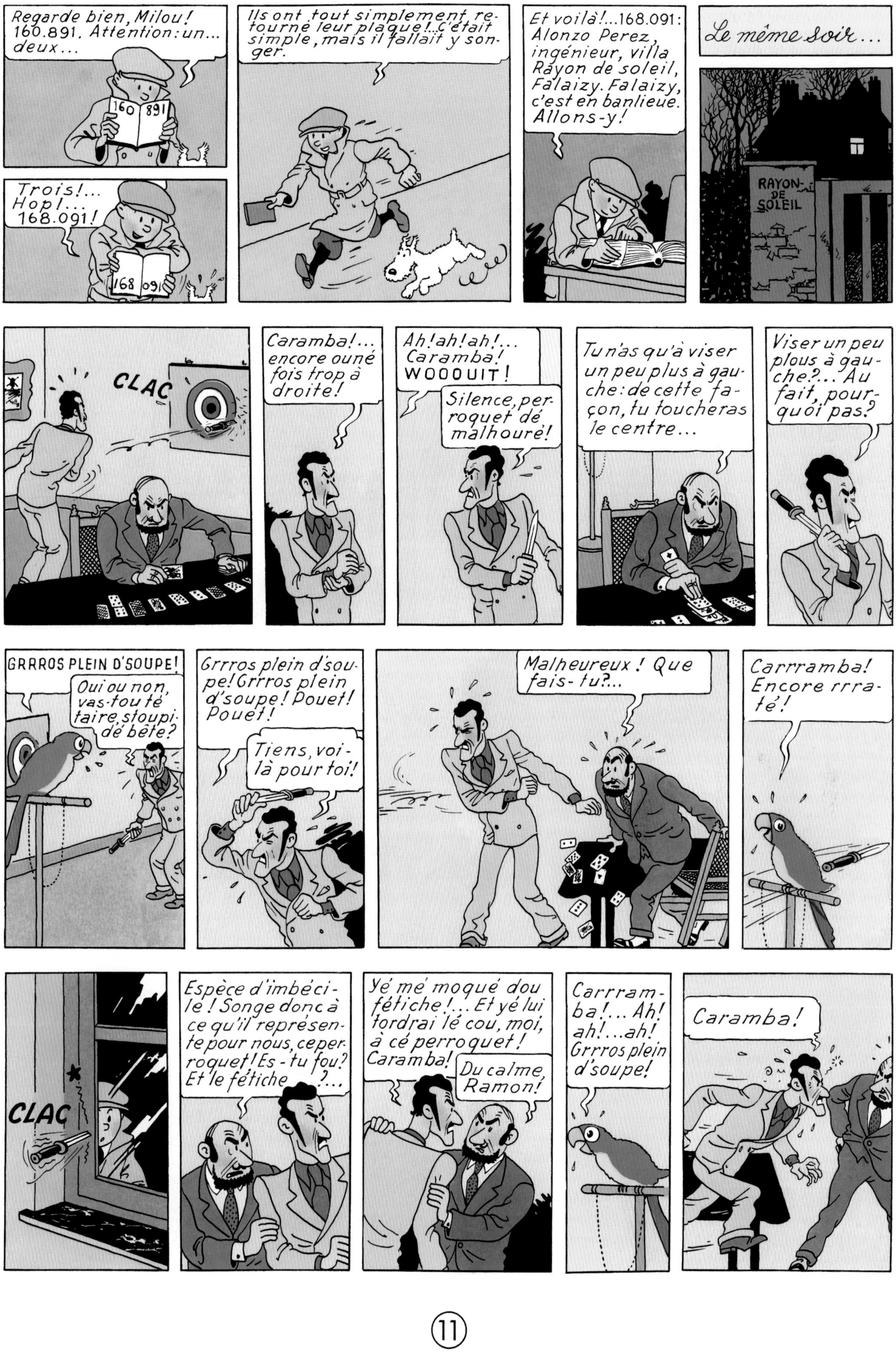

Regarde bien, Milou! 160.891. Attention: un... deux...
Trois!... Hop!... 168.091!
Ils ont tout simplement retourné leur plaque!..C'était simple, mais il fallait y songer.
Et voilà!...168.091: Alonzo Perez, ingénieur, villa Rayon de soleil, Falaizy. Falaizy, c'est en banlieue. Allons-y!
Le même soir...
RAYON-DE-SOLEIL
CLAC
Caramba!... encore ouné fois trop à droite!
Ah! ah! ah!... Caramba! WOOOUIT!
Silence, perroquet dé malhouré!
Tu n'as qu'à viser un peu plus à gauche: de cette façon, tu toucheras le centre...
Viser un peu plous à gauche?... Au fait, pourquoi pas?
GRRROS PLEIN D'SOUPE!
Oui ou non, vas-tou té taire, stoupidé bête?
Grrros plein d'soupe! Grrros plein d'soupe! Pouet! Pouet!
Tiens, voilà pour toi!
Malheureux! Que fais-tu?...
Carrramba! Encore rrraté!
CLAC
Espèce d'imbécile! Songe donc à ce qu'il représente pour nous, ce perroquet! Es-tu fou? Et le fétiche ...?...
Yé mé moqué dou fétiche!... Et yé lui tordrai lé cou, moi, à cé perroquet! Caramba!
Du calme, Ramon!
Carrramba!... Ah! ah!...ah! Grrros plein d'soupe!
Caramba!

Ramon, tu es un homme mort si tu touches à ce perroquet!

OOOH!

Meurs donc, sale bête!...

Carrramba! Encore rrraté!

Rodrigo Tortilla, tu m'as tué!

Rodrigo Tortilla!

C'était donc lui!

Ah! la canaille!...Il se disait médecin; en voyage d'études à travers l'Europe. Voler le fétiche, voilà quel était son but!...Il y est arrivé, le gredin, et il a cru s'assurer l'impunité en faisant disparaître Balthazar. Mais il avait compté sans ce brave perroquet!...J'ai son adresse; je vais lui demander un rendez-vous: il ne se méfiera pas.

Allo?...Pension Libertas?...Madame, je désirerais parler à monsieur Tortilla...

M. Tortilla?...Mais, monsieur, il est reparti...oui, pour l'Amérique du Sud... Oui...Ah! son bateau quittait Le Havre ce midi... oui, aujourd'hui... Le nom du bateau?... VILLE-DE-LYON.

Je sais tout ce que je voulais savoir...

Nous sommes joués! En ce moment, Tortilla vogue tranquillement vers l'Amérique du Sud! Ah! si ce stupide perroquet avait parlé un jour plus tôt...

...vous avez entendu notre bulletin d'informations...... Voici, à présent, les dernières nouvelles maritimes...

Tu ne vas pas de nouveau nous empoisonner avec la radio, hein...

La grève dans le port du Havre a pris des proportions inquiétantes. Plusieurs paquebots ont vu leur départ retardé. C'est le cas notamment du **VILLE-DE-LYON**, qui devait quitter Le Havre ce midi, à destination de l'Amérique du Sud et ne pourra lever l'ancre que demain dans la soirée.

Caramba! Rien n'est perdu: nous avons le temps d'arriver!...

Et maintenant, mon cher Tortilla, à nous deux!

Quelques jours après...

Alors? Toujours rien?

Rien: Tortilla est introuvable!

Peut-être, nous ayant vus, reste-t-il enfermé dans sa cabine. A moins qu'il ne se soit pas embarqué. Et dans ce cas...

Chut! Quelqu'un...

As-tu vu?

Cetté silhouette... si c'était...

Tintin, n'est-ce pas...

Mais non, cé n'est pas possible!... Comment aurait-il pou savoir?

Chut!

Lui aussi!

C'est stupide: nous croyons voir Tintin partout. Ces gens, en effet, sont de petite taille, mais qu'est-ce que ça prouve?

Tou as raison.

Et puis, non, c'est lui! Le premier, le type à casquette!... Yé mé souviens: il était dans lé même avion qué nous, assis derrière toi. Il nous suivait. C'est Tintin, yé té dis!

Alors, plus de doute: il faut qu'il disparaisse!

Cé soir, après lé dîner, nous lui réglerons son compte!

Ce soir-là...

N'oublie pas, cette fois, de viser un peu plus à gauche...

Bonsoir... Oh!...

Bonsoir, monsieur.

Ouné perrouque! Il porte ouné perrouque! C'est donc bien lui!

Attention, il arrive. Surtout, ne le rate pas...

OH! À MOI! AU SECOURS!

ARRÊTEZ-LES!

AU SECOURS! À MOI!

Ouf! Y'ai eu chaud! Et cé qui m'enrage, c'est dé l'avoir raté! C'est ta faute aussi, avec ton "vise plous à gauche"!

C'est bien la première fois que tu atteins le point que tu vises. D'ailleurs, tout compte fait, cela vaut mieux ainsi, puisque ce n'était pas Tintin.

C'est vrai. Et pourtant, y'aurais youré qué cé tait lui; cé n'est qu'au son dé sa voix qué y'ai été détrompé.

Il reste l'autre, maintenant: le petit vieillard...

Le lendemain...

Alors, tou es prêt? Nous avons à nous occouper dou pétit vieux...

C'est lui! Il nous espionnait!

Nous allons bien voir: suivons-le...

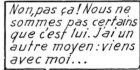

Non, pas ça! Nous ne sommes pas certains que c'est lui. J'ai un autre moyen: viens avec moi...

Tu comprends? Si c'est Tintin, il porte une fausse barbe. Et alors...

RRRR RRR

RRR

RR

Attention!...Tu y étais presque... Un peu à droite... Doucement... En arrière ...Ça y est! Vas-y!

Ce n'est pas Tintin!

Et maintenant que nous sommes sûrs que Tintin n'est pas à bord, nous allons pouvoir nous occuper sérieusement de Tortilla...

Et dou fétiche!

Tiens! Voilà notre steward. Vous prenez quelque chose avec nous?

Volontiers. Au moins, vous êtes levés de bonne heure, vous autres. Ce n'est pas comme votre compatriote qui occupe la cabine 17. En voilà un qui ne met pas le nez dehors...

Pourquoi? Malade?

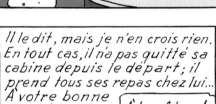

Il le dit, mais je n'en crois rien. En tout cas, il n'a pas quitté sa cabine depuis le départ; il prend tous ses repas chez lui... À votre bonne santé!

À la vôtre!

Tu as entendu? Le passager du 17...

D'ailleurs... ceci entre nous, n'est-ce pas, ce n'est pas un homme. Non. Ni une femme. C'est... une omelette.

Ah! ah! ah! Elle est bien bonne! Et savez-vous pourquoi?...Parce qu'il se nomme Tortilla, et qu'en espagnol, ce mot signifie...

...Omelette, c'est vrai! Ah! vieux farceur!

Toujours le mot pour rire...

À présent, je vous quitte, car si le commandant me trouvait ici, je serais dans mon tort. Et vous le savez, le tort... tue!

Steward, vous nous ferez mourir de rire!

C'est un jeu de mots. Tort...tue, tortue! Vous avez compris?

Grâce à cet imbécile, nous avons découvert Tortilla. Ramon, le fétiche est à nous!...

Enfin!

Cette nuit-là...

PLOUF

Le lendemain matin, le paquebot entre en rade de Las Dopicos, capitale de la république de San Theodoros (Amérique du Sud)...

Vous ne savez pas?... Le passager dont nous parlions hier, Tortilla; il a disparu!... Il a dû être jeté à l'eau, car il y avait des traces de lutte dans sa cabine!

C'est effrayant! ... Et connaît-on le coupable?

Rassurez-vous, messieurs, les coupables sont connus!... Allons! Levez les bras!

Caramba!... C'est Tintin: j'aurais dû m'en douter!

Surveillez-les en attendant l'arrivée de la police...

Je suis le colonel Jimenez de l'armée régulière.

Commandant Le Goffic. ...Colonel, j'ai deux criminels à remettre entre vos mains.

Ces deux-là?... Je les connais. Dangereux gaillards; recherchés par la police du pays.

Évidemment, c'est une idée splendide d'avoir songé à venir à notre rencontre. N'empêche que le fétiche...

Ne t'inquiète pas: ils ne le garderont pas longtemps!

...Vous voilà donc au courant de toute l'histoire. À présent, voici le fétiche qu'ils ont volé à ce malheureux Tortilla. Qu'en pensez-vous?

Je pense que ce fétiche est faux, lui aussi: l'oreille droite est intacte.

Précisément. Il nous reste donc deux choses à savoir: d'abord où se trouve le véritable fétiche; ensuite, quel est le but que poursuivent tous ces gens.

TOC TOC TOC

Entrez!

Voici une lettre pour monsieur Tintin, commandant. C'est une vedette de la police qui vient de l'apporter.

République de San Theodoros
Ministère de la Justice
Las Dopicos

Monsieur Tintin est prié de se rendre à terre afin d'assister à l'interrogatoire des deux individus qui viennent d'être remis entre nos mains. Monsieur Tintin voudra bien se munir du fétiche volé. Aussitôt à terre, un officier se mettra à sa disposition.

Le temps de m'apprêter et j'y vais.

Alors à tout à l'heure! Et bonne chance!

Merci. Au revoir

N'oubliez pas que nous levons l'ancre ce soir, à huit heures.

Soyez sans crainte; je serai rentré: je ne tiens pas à m'éterniser dans ce pays!

Alors, c'est entendu: vous venez me reprendre à sept heures, au même endroit.

Très bien!

Il ne me reste plus qu'à attendre l'officier qui doit se mettre à ma disposition.

Hé! ma valise!...

Mais non!...Ma valise est toujours là!...

Ouf! J'ai eu chaud...

C'est lui, n'est-ce pas?

Oui, c'est bien lui!

LAS DOPICOS
ÉTAT DE SIÈGE
LOI
ARTIALE

Voulez-vous nous suivre, señor?

Ah! vous voilà. Très bien, je vous suis.

Pourquoi tous ces soldats?

On craint une révolution...

CASERNA SAN JUAN Vᵉ

vous le trou... au port. Il est accompag... d'un petit chien. Si vous doutez de ce qui précède, ouvrez sa valise... XXX.

TOC TOC TOC

Entrez!

Capitaine, voilà l'individu.

Bien. Ouvrez votre valise!

Capitaine, je ne sais pas si vous êtes au courant.... J'ai été convoqué par le juge d'instruction pour assister à l'interrogatoire des deux...

Pas tant d'histoires! Je vous dis d'ouvrir cette valise!

J'obéis, capitaine, mais je vous préviens que je me plaindrai de vos procédés...

Des bombes!...On ne m'avait pas menti: c'est un terroriste!

Saisissez-le!... Et au cachot, tout de suite, en attendant le peloton d'exécution!

Capitaine, je vous assure que c'est un guet-apens!..Ma valise m'a été volée et remplacée par celle-ci!

Ça va! ça va!... On connaît ça. Au cachot!

Ça y est : me voilà une fois de plus dans de jolis draps!

Bah! ce n'est pas grave. La vedette du VILLE-DE-LYON doit venir me prendre à sept heures. Ne me voyant pas, ils retourneront prévenir le commandant, qui pourra facilement me faire libérer.

N'est-ce pas le chien de ce jeune garçon qui est entré tout à l'heure?

Oui. Et je crois qu'il attendra encore longtemps son maître...

Sept heures...

Pardon, señor lieutenant, n'attendez-vous pas ici un jeune homme qui doit retourner à bord du VILLE-DE-LYON?

Oui. Comment le savez-vous?

Parce qu'il m'a prié de vous dire qu'il ne fallait pas l'attendre. Voici d'ailleurs une lettre qu'il m'a chargé de vous remettre.

"Au Commandant du VILLE-DE-LYON". Bien, je vous remercie.

Et le tour est joué!

Voilà la vedette qui retourne: le commandant va être prévenu.

...Et voilà la lettre qu'on m'a remise de sa part.

Las Dopicos,
Mon cher Commandant,
J'avais, vous le savez, l'intention de continuer le voyage avec vous.
Mais des éléments nouveaux dans l'enquête relative au vol du fétiche m'obligent à prolonger mon séjour à Las Dopicos.
Je regrette vivement

Que se passe-t-il? Il doit être près de huit heures et la vedette ne revient pas...

TOOOOT TOOOT

La sirène du VILLE-DE-LYON!

Ils lèvent l'ancre!... Ils partent sans moi!

Cette fois, je ne vois vraiment pas comment je pourrais m'en tirer...

Et le lendemain matin...

Apprêtez... armes!

En joue...

Halte! ne tirez pas!

Eh bien? Qu'y a-t-il?... M'au-rait-on fait grâce?

Soldats, la révolution triomphe!... le général Tapioca, cet infâme ty-ran, est en fuite! le vail-lant général Alcazar est maître de la situation!

Vive le général Alcazar! À bas le général Tapioca! Viva la libertad! Mort aux tyrans!

Dans ce cas, mon-sieur, vous êtes libre... J'aime au-tant ça...

Colonel!... Ah! en-fin, colonel, je vous trouve!

Que se passe-t-il encore?

Qu'y a-t-il, colonel? A-t-on capturé le général Tapioca?

Capturé?... Il s'agit bien de cela, colonel!... Les troupes du général Alcazar ont fait leur soumission; le général Alcazar est en fuite; le géné-ral Tapioca est vainqueur!

Vous êtes sûr, colonel?

Sûr et certain, colonel; voi-là une demi-heure que je vous cherche pour vous le dire.

Oh! Oh! ça change tout...

Soldats, la rébellion est étouffée! Le général Al-cazar, cet infâme tyran, a pris la fuite! Jurons tous fidélité au brave géné-ral Tapioca!

Vive le général Tapioca! Viva la libertad! À bas le gé-néral Alca-zar! Mort aux tyrans!

Je suis désolé, mon-sieur, mais puisqu'il en est ainsi, je dois exécuter les ordres et vous passer par les armes.

En joue...

FEU!

Ça y est : je suis mort!

Mais non!...Eh bien! Qu'est-ce qu'ils attendent pour tirer?

Caramba! mon fusil est saboté!

Trahison!

Le mien également, colonel!

Et le mien aussi!

Mille bombes! Il y a des traîtres parmi nous!...Qu'on aille chercher d'autres armes, et au pas gymnastique!

Veuillez nous excuser, monsieur : un petit contretemps... En attendant, si nous allions prendre l'apéritif?

???...L'apéritif?...Pourquoi pas, après tout?

À votre santé!...Somme toute, être fusillé, ce n'est qu'un mauvais moment à passer, pas vrai?...On aurait tort de prendre ça au tragique.

Bien sûr!...À votre santé!

Quelle est cette boisson? C'est terriblement fort...

Très fort, hein! C'est de l'aguardiente, l'eau-de-vie du pays. Allons! encore un petit verre : cela vous fera du bien...

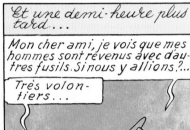

Et une demi-heure plus tard...

Mon cher ami, je vois que mes hommes sont revenus avec d'autres fusils. Si nous y allions?...

Très volontiers...

Tu es un chic type, colonel!...Et tu sais, c'est entre nous à la vie, à la mort!

C'est ça : à la vie, à la mort!

App...hic!... prêtez... armes!

Vive...euh...Vive le général Alhambra!... Non, Alcazar!...C'est cela : Alcazar!...Vive Alcazar!

Pif! Paf! Pan!...Je suis mort! Vive le général Alcazar et les pommes de terre frites!

PAN

Tiens, tiens! Les rebelles!

PAN

PAN

Sauve qui peut!

PAN

Vous êtes sauvé!

Ça m'est bien égal!...Qu'on me fusille encore une fois!...Vive le général Alcazar! c'est un lascar!

C'est un des plus chauds partisans du général. Les fusils étaient braqués sur lui qu'il criait encore à pleine voix : "Vive le général Alcazar!"

Vive le héros!

Coucou!

Vive le héros!

Hourra!

Mais voilà Tintin!

Allez donc voir ce qui se passe, colonel; et amenez-moi ce jeune homme: je veux le connaître.

Vous comprenez, moi, j'ai déjà été fusillé trois fois! Alors, une fois de plus, hein! ça m'est bien égal: je suis habitué.

Le voilà, mon général. C'est un jeune homme que le général Tapioca avait condamné à mort. Nos hommes sont arrivés au moment où on allait le fusiller, alors que ce brave, les fusils braqués sur lui, criait encore: «Vive le général Alcazar!»

C'est bien! Je suis le général Alcazar et j'aime les hommes comme toi. Pour te récompenser, je te nomme colonel aide de camp.

Comme vous voudrez, mais ne serrez donc pas si fort!

Mais... ne pensez-vous pas, mon général, qu'il vaudrait mieux le nommer caporal?... Nous n'en avons que quarante-neuf, alors qu'il y a déjà trois mille quatre cent quatre-vingt-sept colonels. Il me semble que...

Suffit!

Je fais ce qui me plaît: je suis le maître! Mais puisque vous estimez que nous avons trop peu de caporaux, je vais augmenter leurs effectifs. Colonel Diaz, je vous nomme caporal.

Mon général!

Voici votre brevet de colonel, jeune homme. Maintenant, allez vous mettre en tenue. Le caporal Diaz va vous conduire chez le tailleur.

Vive le tailleur!

Un uniforme de colonel pour ce jeune homme?... Très bien. Voici justement la tenue du colonel Fernandez, qui était de la même taille et qui s'est enfui avec le général Tapioca. Et pour vous, une tenue de caporal?... Bon, j'ai ce qu'il vous faut...

Ma carrière est brisée. Mais je me vengerai de toi et de cet infâme général Alcazar!

Le même soir...

Amis, voici un nouveau membre. C'est un officier qui a préféré donner sa démission plutôt que de continuer à servir le tyran. Il va prêter serment.

Je jure obéissance aux lois de notre société. Je promets de lutter de toutes mes forces contre la tyrannie. Ma devise sera désormais la vôtre: la liberté ou la mort!

Le lendemain matin...

Mon nouvel aide de camp n'est-il pas encore arrivé?

Pas encore, mon général!

Dès qu'il sera là, envoyez-le-moi: nous avons à travailler.

Très bien, mon général.

Colonel!... Comment ai-je bien pu être nommé colonel? Je ne me souviens de rien.

D'ailleurs, j'ai à m'occuper du fétiche et je vais de ce pas donner ma démission.

Non, messieurs, impossible; le général attend son aide de camp: il ne recevra personne ce matin!

...

Eux!....

Lui!...

Oh!...

Ah! vous voilà, colonel!... Nous avons du travail. Quant à vous, messieurs, je ne pourrai pas vous recevoir ce matin. Vous venez, colonel?

Il ne s'agit plus, pour le moment, de remettre ma démission!

Aide de camp dou général!...

C'est inouï!...

Ça va mal!..

Oui, il va falloir de nouveau nous occuper de lui!

Pendant ce temps...

La fenêtre de son bureau est ouverte: tout va bien!

C'est une situation délicate...

Oui, très délicate...

Je regrette, Excellence, mais le général ne pourra pas vous recevoir ce matin. Le général est très occupé...

Échec et mat, mon cher colonel!

Sapristi! c'est exact...

23

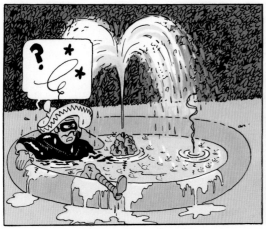

Mon cher colonel, jamais je n'oublie-rai que vous m'avez sauvé la vie!

Dites plutôt, mon général, que j'ai sauvé nos deux vies...

Caramba! Tout est à recommencer!

Nous avons été roulés: le fétiche que nous lui avons repris est faux. Mais il sait certainement, lui, où se trouve le vrai. Alors, ce soir, nous le faisons enlever...

Et nous le forçons à nous révéler l'endroit où il l'a caché...

Le même soir...

Quel vent!... Il y aura sûrement de l'orage, cette nuit...

Attention! le voilà!...

AU SECOURS !

Hop! le voilà au pays des rêves !

Au diable, toi !

Une heure plus tard...

Alors, c'est entendu : dès qu'il nous aura révélé l'endroit où se trouve le fétiche, nous nous débarrasserons de lui.

Ça va de soi : il nous a assez gênés.

BOUM BOUM BOUM

Entrez !

Il est là, señor.

C'est bien. Amenez-le...

Soyez le bienvenu dans cette modeste demeure, mon cher colonel... Asseyez-vous et causons...

Mon cher colonel, vous nous avez roulés. L'idée de mettre le faux fétiche dans votre valise n'était, certes, pas mauvaise. Mais à présent, nous aimerions sa - voir où se trouve le vrai...

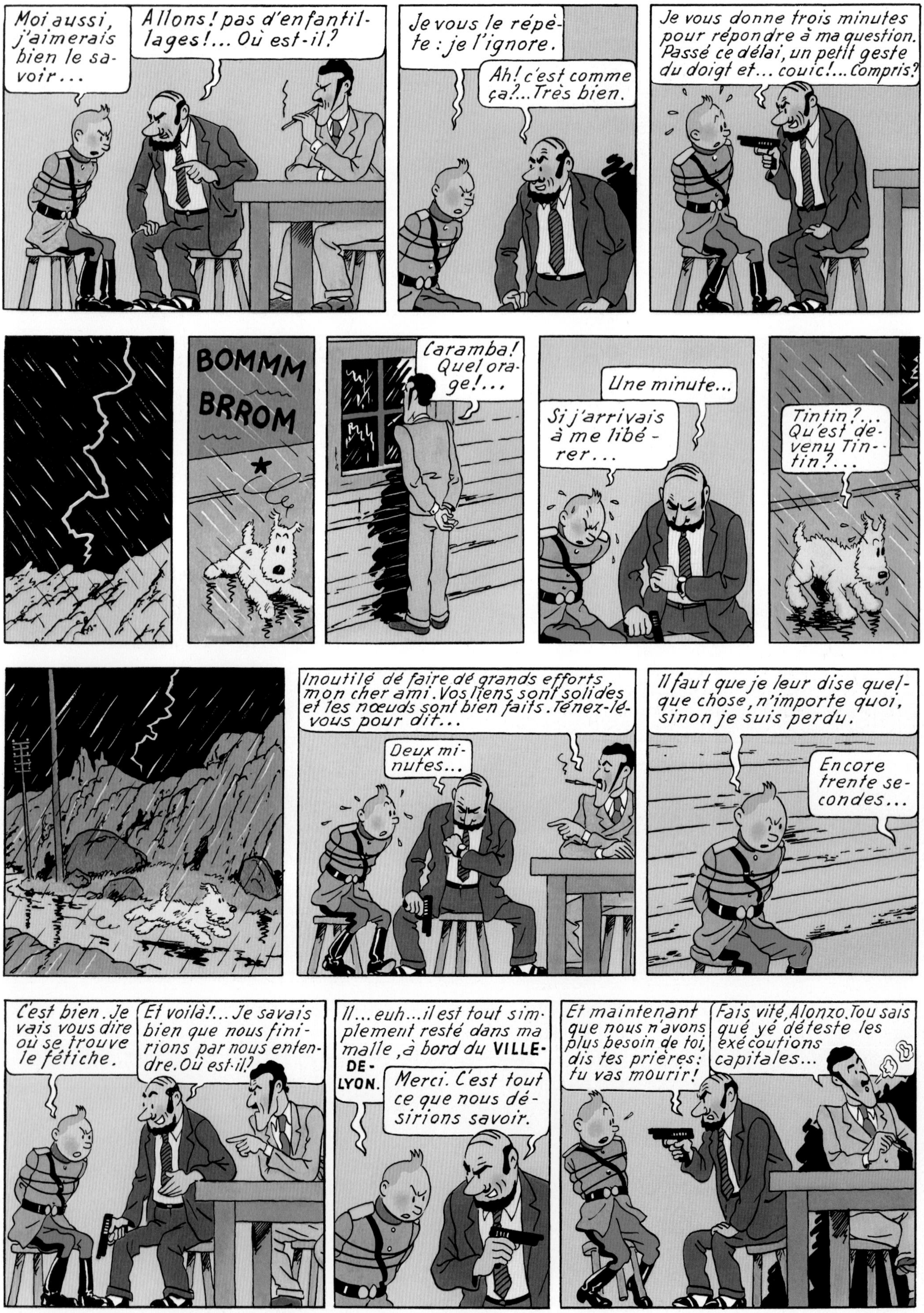
Moi aussi, j'aimerais bien le savoir...
Allons! pas d'enfantillages!... Où est-il?
Je vous le répète : je l'ignore.
Ah! c'est comme ça?... Très bien.
Je vous donne trois minutes pour répondre à ma question. Passé ce délai, un petit geste du doigt et... couic!... Compris?
BOMMM
BRROM
Caramba! Quel orage!...
Une minute...
Si j'arrivais à me libérer...
Tintin?... Qu'est devenu Tintin?...
Inoutilé dé faire dé grands efforts, mon cher ami. Vos liens sont solides et les nœuds sont bien faits. Ténez-lé-vous pour dit...
Deux minutes...
Il faut que je leur dise quelque chose, n'importe quoi, sinon je suis perdu.
Encore trente secondes...
C'est bien. Je vais vous dire où se trouve le fétiche.
Et voilà!... Je savais bien que nous finirions par nous entendre. Où est-il?
Il... euh... il est tout simplement resté dans ma malle, à bord du VILLE-DE-LYON.
Merci. C'est tout ce que nous désirions savoir.
Et maintenant que nous n'avons plus besoin de toi, dis tes prières : tu vas mourir!
Fais vité, Alonzo. Tou sais qué yé déteste les exécoutions capitales...

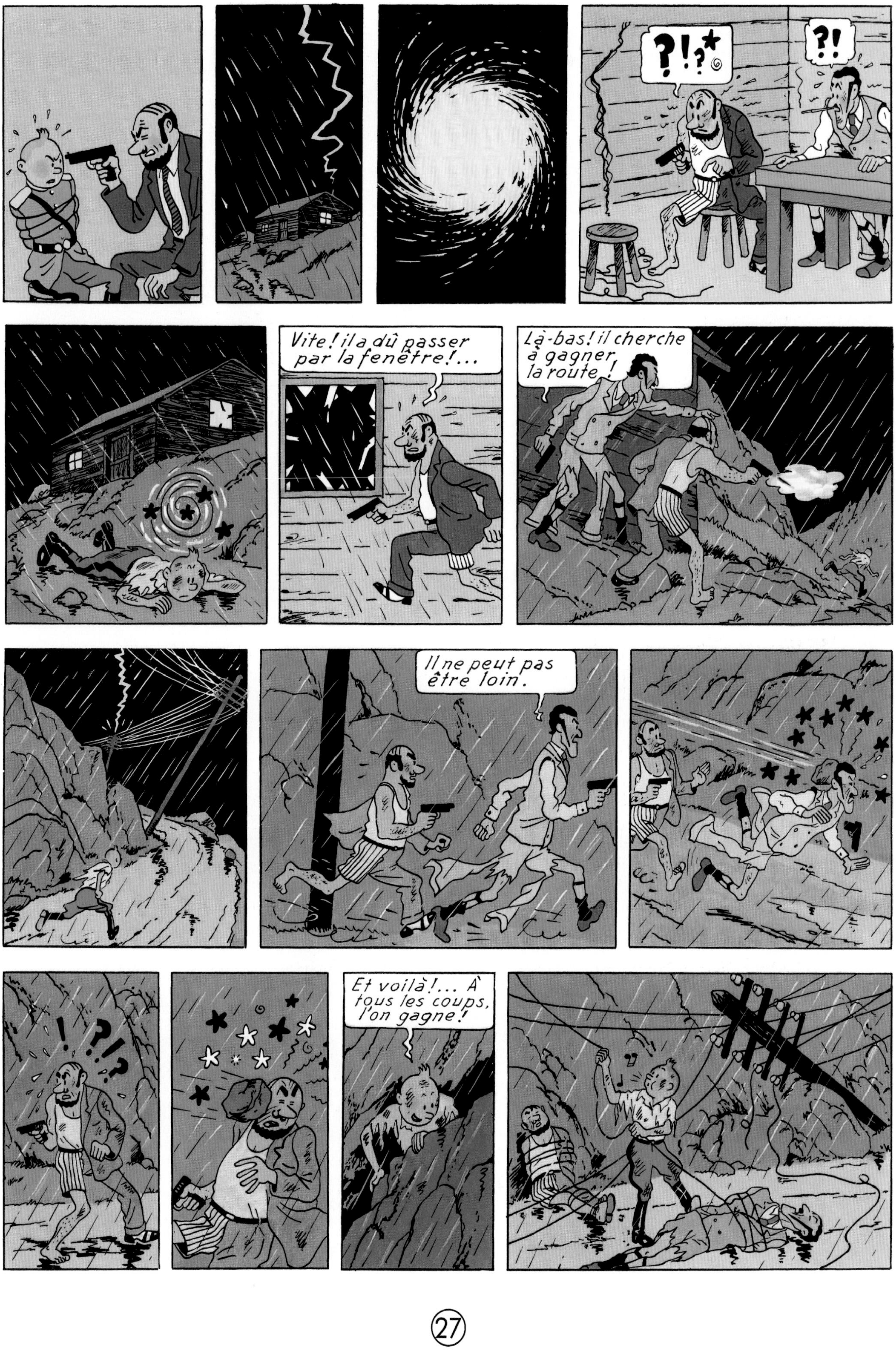
?!?
?!
Vite! il a dû passer par la fenêtre!...
Là-bas! il cherche à gagner la route!
Il ne peut pas être loin.
! ?!?
Et voilà!... À tous les coups, l'on gagne!

Te voilà, mon brave Milou!

PRISON

Salut! Je vous amène des clients!

Dix heures, et il n'est pas encore ici!

Et maintenant, tout de suite chez le général.

TOC TOC TOC

Entrez!

DYNAM

Ça y est!... Et maintenant, une allumette...

DYNA

DYN

DYNA

Madre de Dios! J'ai oublié mes allumettes!...

DYN

Hem!... On dirait que ça sent le roussi...

DYN

DYN

Caramba! Tout est à recommencer!

Échec au roi, mon général!

Sapristi! il faut que je fasse attention...

Échec et mat, mon général!

Tonnerre de tonnerre! Oser me battre, moi, votre général!

PAN PAN PAN PAN PAN

Ha! ha! ha! ha! ha!

C'est une petite farce que je fais souvent à mes officiers d'ordonnance, pour les effrayer. Bien entendu, le browning est toujours chargé à blanc.

Cela me rappelle un aide de camp que j'ai eu naguère. Ha! ha! ha! ha! ha!... Un jour, il gagne une partie d'échecs. Je sors mon pistolet...

Cette fois, général Alcazar, votre règne touche à sa fin. La liberté ou la mort!

DYNAM

Je sors mon pistolet et je tire. Ha! ha! ha! ha! ha! hà!... Figurez-vous que mon homme s'est évanoui de frayeur. Ha! ha! ha! ha!... Mais le plus beau de l'histoire, c'est que le lendemain, il avait la jaunisse!... La jaunisse!

AU GENERAL OLIVARO LIBERATEUR DE SAN THEODOROS 1805-1899

DYNA

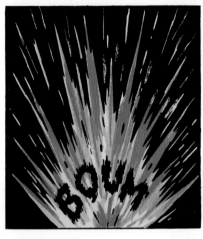

BOUM

Justice est faite!

AU GENERAL OLIVARO LIBERATEUR DE SAN THEODOROS 1805-1899

AU GENERAL OLIVARO LIBERATEUR DE SAN THEODOROS 1805-1899

Un attentat!

C'est au palais du général que ça s'est produit!

Encore une révolution?

Ce n'est rien! Ce n'est rien!... Le général Alcazar est indemne!

C'est stupide! Vous deviez savoir que la dynamite, simplement placée contre un mur, ne produit pas d'effets puissants: il eût fallu l'enfouir. Maintenant, tout est à recommencer!

Le lendemain...

Allo?... Je suis bien chez le général Alcazar!... Ah! c'est vous, docteur... Comment va le général!?... Comment?... LA JAUNISSE!!!

La jaunisse, oui... Le saisissement vous comprenez...

TOC TOC TOC

Entrez!

Qu'y-a-t-il?

R.W. Chicklet, agent de la General American Oil. C'est bien, faites entrer.

Veuillez vous asseoir, je vous prie...

Voici, colonel, le but de ma visite... J'ai appris hier...

Vous permettez?

Je vous en prie...

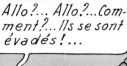

Allo?... Allo?... Comment?... Ils se sont évadés!...

À nous la liberté et bientôt, le fétiche!

À nous aussi la vengeance: nous avons de vieux comptes à régler avec Tintin!

Je vous écoute, monsieur...

Voici. Une mission scientifique vient de déceler la présence de nappes de pétrole dans la région du Gran Chapo, ce désert qui est situé en partie sur votre territoire, en partie sur le territoire de la république voisine: le Nuevo Rico.

La General American Oil désirerait obtenir la concession de ces gisements. Il est bien entendu que votre gouvernement serait intéressé dans les bénéfices.

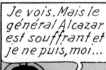

Je vois. Mais le général Alcazar est souffrant et je ne puis, moi...

Naturellement. Mais vous pouvez nous être d'un précieux secours. Je vous ai dit qu'une partie des terrains pétrolifères était située en territoire nuevo-riquien. Or notre société désire les exploiter également: il faudrait donc, que vous annexiez cette région.

Mais c'est la guerre, cela, monsieur!

Hélas! oui. Que voulez-vous: on ne fait pas d'omelettes sans casser des œufs, n'est-il pas vrai, colonel?

Alors, et c'est le but de ma visite, nous vous offrons 100.000 dollars si vous parvenez à décider le général Alcazar à entreprendre cette guerre. Est-ce oui?

?!

Vous avez tort; vous avez grand tort de ne pas accepter. Enfin, comme il vous plaira. Au revoir, colonel.

Type dangereux! Il est capable de faire échouer nos plans. Il faudra que j'en parle à Rodriguez...

Oui, Rodriguez, je donnerais bien 10.000 dollars pour être débarrassé de lui...

Si Son Excellence voulait me donner cette somme, je suis convaincu que bien des choses seraient possibles...

Alors, c'est entendu, Pablo.? 5.000 dollars s'il arrivait malheur au colonel Tintin...

Ça va. Le malheur se produira ce soir!

Bravo! mon vieux. Vise comme ça ce soir et Tintin ne sera plus qu'un mauvais souvenir!

Caramba! Encore raté!

OOOOOOH!

Grâce, señor colonel! Grâce! ...Je vous dirai tout...

Ramon!... Qu'y a-t-il? Tu es blessé?

Qu'est-il arrivé? Voyons! parle.

Ooooh!... Il m'a tué...

Allons, assieds-toi. ...

Ooooh!...

OUAAAH!

... Et qui vous a offert cette somme pour me tuer?

C'est Rodriguez, señor colonel, l'homme de confiance de M. Chicklet...

C'est bien. Relevez-vous: je vous fais grâce.

Oh! merci, señor colonel, merci. Désormais, faites de moi tout ce que vous voudrez.

Il avait l'air sincère, le pauvre bougre.

Tu as tort de te fier à ce chénapan. Tu es toujours beaucoup trop confiant.

Quelques jours après...

Le général est arrivé: il est tout à fait guéri. En ce moment, il est en conversation avec M. Chicklet.

Voyons, général, réfléchissez. Il y va de votre intérêt. Je vous le répète, vous déclarez la guerre au Nuevo Rico; vous annexez les terrains pétrolifères et votre pays touche 35 % sur les bénéfices à réaliser par notre société. De ces 35 %, 10 % vous reviennent personnellement...

C'est entendu: j'accepte.

Très bien, général. J'étais sûr que nous finirions par tomber d'accord.

À propos, général... Ce colonel Tintin, en qui vous semblez avoir la plus grande confiance... Un bon conseil: méfiez-vous de lui. Je ne puis rien vous dire de plus, pour le moment...

Bonjour, mon cher colonel! Le général vous attend...

Bonjour, mon général. Je suis heureux de vous revoir en bonne santé et je...

Qu'y a-t-il encore?

Diable! Il n'a pas l'air de bonne humeur, ce matin...

Faites entrer.

Basil Bazaroff

DE LA

VICKING ARMS CO. LTD

Bonjour, général Alcazar. J'étais de passage dans votre pays et je me suis permis de venir vous soumettre nos derniers mo···· dèles.

Voici notre toute dernière création: le 75 T.R.G.P.; c'est un article de toute première qualité; c'est souple, maniable, robuste et ça vous envoie à 15 kilomètres un amour de petit obus nickelé...

Oh! Oh! ça devient grave. Écoute, Ramon: "Las Dopicos.-Un détachement de soldats nuevo-riquiens a pénétré sur le territoire du San Theodoros et a ouvert le feu sur un poste frontière. Celui-ci riposta et un violent combat s'ensuivit, au terme duquel les Nuevo-Riquiens se retirèrent, ayant subi de lourdes pertes. De notre côté, un caporal a été légèrement blessé par des éclats de cactus.»

À l'aéroport.

Mon cher pilote, nous partons maintenant pour Sanfacion, la capitale du Nuevo Rico.

Bien, monsieur.

... et six douzaines de 75 T.R.G.P., avec 60.000 obus, pour le gouvernement du San Theodoros. Payement en douze mensualités.

Au palais du général Mogador!

Très bien, señor.

Une demi-heure plus tard...

Nous retournons à l'aérodrome.

Bien, señor.

C'est l'avion particulier de ce monsieur Bazaroff.

SANFACION

... et six douzaines de 75 T.R.G.P., avec 60.000 obus, pour le gouvernement du Nuevo Rico. Payement en douze mensualités.

Le voilà déjà de retour à Las Dopicos.

Eh bien.?

C'est fait : j'ai pris une bonne commande et j'ai ici de quoi liquider définitivement ce petit colonel Tintin

Faites donc bien attention. C'est une machine infernale munie d'un mouvement d'horlogerie : elle doit faire explosion demain matin, à 11 heures précises. Cette fois, il faut que vous réussissiez.

Je réussirai, chef ! La liberté ou la mort !

Le lendemain matin...

Général, je vous avais mis en garde contre le colonel Tintin. Voyez ce document et dites-moi si j'avais tort...

RÉPUBLIQUE DE NUEVO RICO

★★★

MINISTÈRE DE LA GUERRE

SECRET

Cher Monsieur Tintin,

Nous avons bien reçu les plans du 75 T.R.G.P. nouvellement acquis par le gouvernement du San Theodoros.

Comme convenu, vous toucherez la somme promise.

X.14

Un espion.!... Tonnerre de tonnerre ! C'était un espion !... Ah ! le traître !... Le scélérat !... Il me le payera cher !

Allo !... Allo !... Colonel Juanitos.?... Prenez immédiatement dix hommes et allez arrêter le colonel Tintin !...Hein ? Quoi ?!...C'est un ordre, colonel !...Rompez!

Pendant ce temps...

L'explosion doit avoir lieu à 11 heures. Bon. Quelle heure est-il ?... Hé ! ma montre est arrêtée !

Voilà. Mettons-la à l'heure juste.

CALLE DEL SOL

Entrez !

TOC TOC TOC

Bonjour, colonel Juanitos, quel bon vent vous amène ?

Colonel Tintin je suis navré, mais j'ai reçu l'ordre de vous arrêter !

M'arrêter ?... Moi ???...

Il y a eu une panne d'électricité, ce matin, et les horloges publiques se sont arrêtées. Allez les remettre à l'heure.

10 heures. Il me reste encore un peu de temps avant d'aller déposer mon engin de mort.

Ah ! général Alcazar, vous vous repentirez de m'avoir nommé caporal. Quand on l'insulte, le caporal Diaz se venge !

ALCA...

Oui, vous pouvez prendre ces papiers : ce sont les ordres. Le premier concerne le colonel Tintin : il sera fusillé demain à l'aube. L'autre est pour le caporal Diaz, mon ancien aide de camp ; je le renomme colonel : il peut rentrer immédiatement en fonction.

BOUM

Une fois encore en prison ! Ou je me trompe fort, ou c'est le Chicklet qui a monté ce beau coup pour se débarrasser de moi.

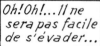

Oh ! Oh ! ... Il ne sera pas facile de s'évader...

Voici la nuit. Et je ne vois toujours pas comment je pourrais m'en tirer. Voyons ! réfléchissons encore....

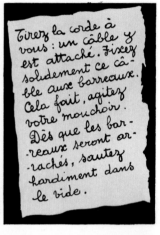

Tirez la corde à vous : un câble y est attaché. Fixez solidement ce câble aux barreaux. Cela fait, agitez votre mouchoir. Dès que les barreaux seront arrachés, sautez hardiment dans le vide.

Ah ! voilà le câble annoncé...

Ça y est : il a fait signe. Vas-y !

Allo ?

Ça va. Sautez vite !

Vite! suivez-moi. Ils ont donné l'alarme.

Pablo, je n'oublierai jamais ce que vous avez fait pour moi.

Venez vite!

Ne vous en faites pas: ils tirent comme des ivrognes!

Voilà. Montez dans cette voiture et fuyez. Demain midi, vous pouvez être à la frontière. Quant à moi, soyez sans crainte; toutes mes précautions sont prises: je ne serai pas inquiété. Adieu, señor Tintin.

Adieu, brave Pablo. Sois sûr que je saurai me souvenir...

Chut! señor. Je n'ai pas oublié que vous m'avez un jour laissé la vie sauve...

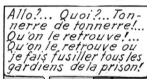

Allô?... Quoi?... Tonnerre de tonnerre!... Qu'on le retrouve!... Qu'on le retrouve ou je fais fusiller tous les gardiens de la prison!

Je ne puis tout de même pas les écraser. Arrêtons-nous et jouons serré...

Parfait! ils laissent de nouveau la route libre. En avant!

Caramba! c'était lui!

Tintin est passé en auto!... Il a pris la route du Sud!

Qu'on me le ramène, mort ou vif!

Le lendemain, à l'aube...

Le voilà!

Allez-y! Ouvrez le feu!

TAC TAC TAC TAC

Saperlipopette! je suis poursuivi!

CLAC

?

TUUUUUUT

Caramba! un train!... Il est perdu: la piste coupe la voie ferrée. Il va devoir s'arrêter ou bien il se fera écrabouiller!

Mon cher ami Tintin, cette fois, c'est quitte ou double...

38

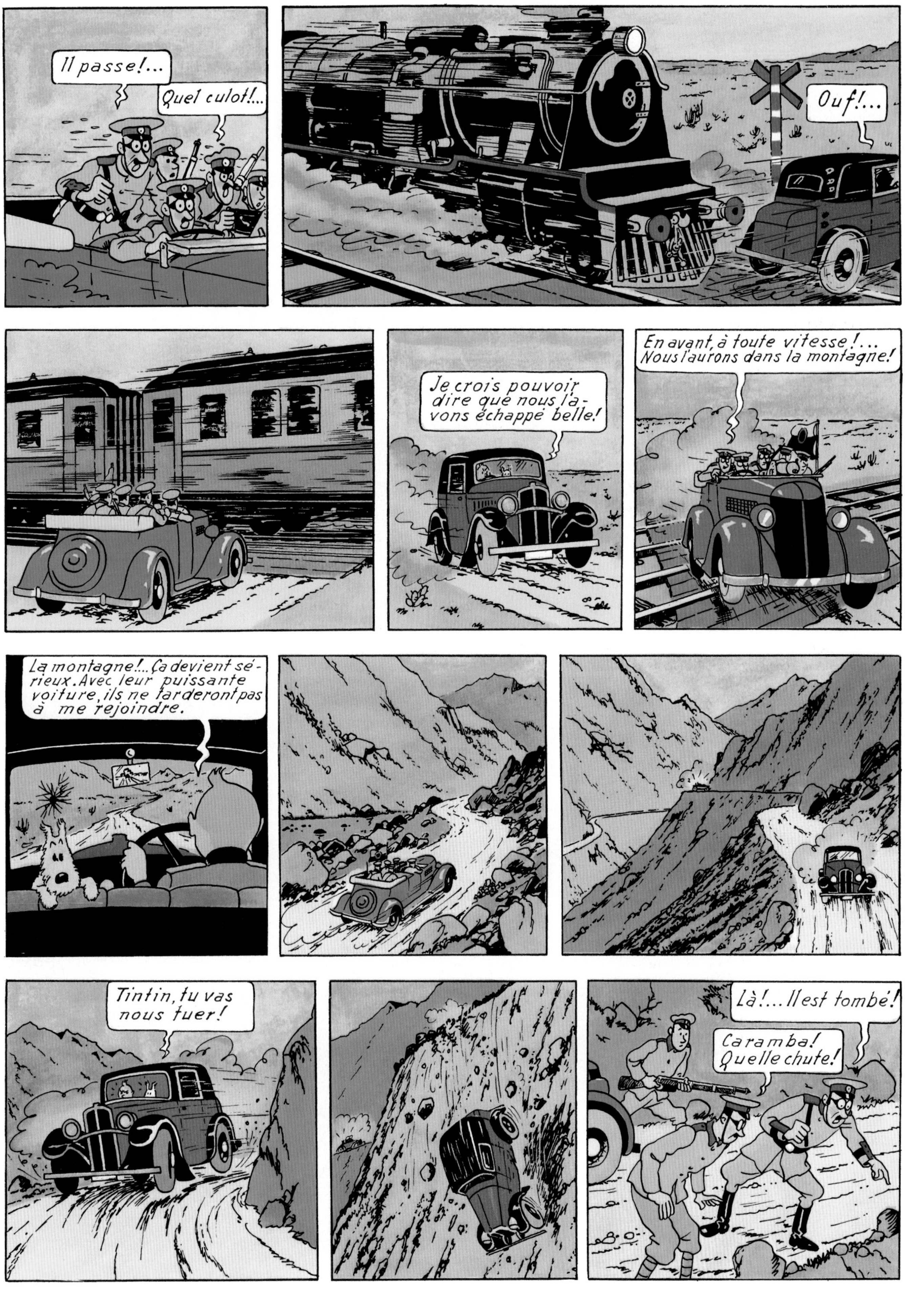
Il passe!...
Quel culot!...
Ouf!...
Je crois pouvoir dire que nous l'avons échappé belle!
En avant, à toute vitesse!... Nous l'aurons dans la montagne!
La montagne!... Ça devient sérieux. Avec leur puissante voiture, ils ne tarderont pas à me rejoindre.
Tintin, tu vas nous tuer!
Là!... Il est tombé!
Caramba! Quelle chute!

Je reste ici moi. À quoi bon descendre ? Il a son compte, pas vrai ?

Comme tu voudras. Moi je vais voir...

Voilà. Nous pouvons rentrer à Las Dopicos : le colonel Tintin a terminé sa carrière !

BRROUM

Que se passe-t-il ?

C'est notre auto !

!

Il... Il s'était certainement dissimulé derrière des rochers : je ne l'ai pas vu venir...

Ça ne fait rien : il se fera coffrer à la frontière, qui ne doit plus être très loin. Nous irons le cueillir là. En avant !

?

Une auto gouvernementale !

Si je m'arrête, je suis pris; et si cette barrière est solide, je me tue...

RRRREUH

CRAC

!

Allo?... Poste frontière 31?... Ici, sentinelle n°4. Une auto san-théodorienne armée d'une mitrailleuse vient de passer à toute vitesse en direction du poste.

Alerte!... Une auto-mitrailleuse san-théodorienne est signalée!... A vos postes de combat!

?

TACATACATAC

Attention, Milou!... Ils tirent dans nos pneus!

Une automitrailleuse a tenté d'attaquer le poste frontière 31. Elle a été détruite et un de ses occupants, un colonel, a été fait prisonnier.

A Sanfacion.

Général!... Général!... Voyez le message téléphonique qui vient d'arriver!

"Une automitrailleuse..."!!! Cette fois, c'est la guerre!... Ils l'ont voulue : ils l'auront!

Communiquez ce texte à la presse : il faut que les éditions spéciales sortent dans une heure!

Demandez l'Écho de Sanfacion!...L'Écho de Sanfacion, édition spéciale!...

C'EST LA GUERRE! Munie d'engins motorisés, l'armée san-théodorienne tente une attaque brusquée. Mais nos vaillantes troupes arrêtent l'ennemi et lui infligent de lourdes pertes.

A LAS DOPICOS

A MORT ALCAZAR

A MORT ALCAZAR

Allo?... Monsieur Chicklet?... Ça y est : le Nuevo Rico vient de nous déclarer la guerre! ...Oui... A la suite d'un nouvel incident de frontière...

À nous les pétroles du Gran Chapo!... Une fois de plus, la General American Oil aura vaincu la Compagnie Anglaise des Pétroles Sud-Américains!

Dans quinze jours, le Gran Chapo sera entre nos mains. J'espère qu'à ce moment la Compagnie Anglaise des Pétroles Sud-Américains n'oubliera pas ses promesses.

À la première occasion, on déserte... ...et on se remet sérieusement à la recherche du fétiche.

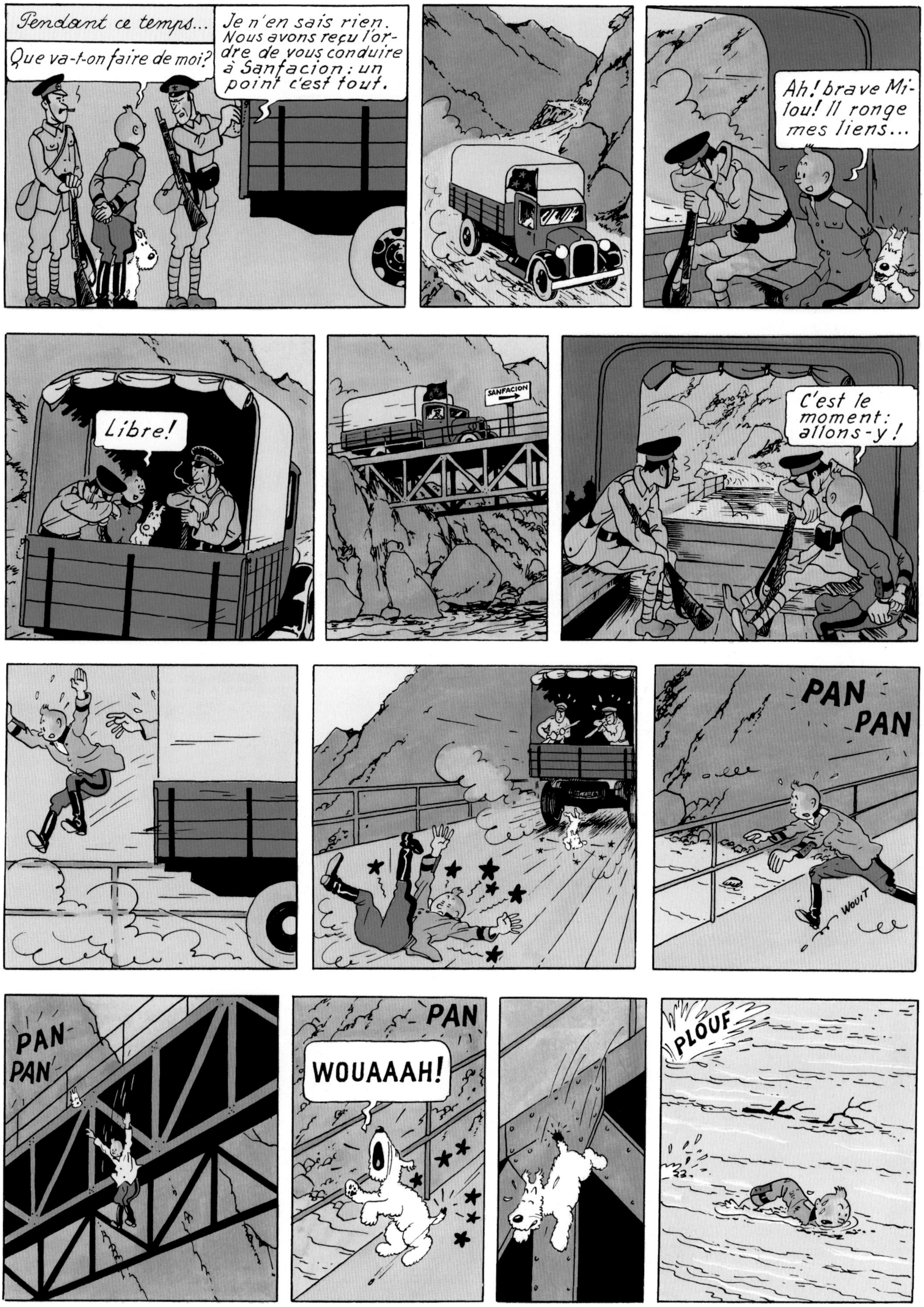
Pendant ce temps...
Que va-t-on faire de moi?
Je n'en sais rien. Nous avons reçu l'ordre de vous conduire à Sanfacion : un point c'est tout.
Ah! brave Milou! Il ronge mes liens...
Libre!
SANFACION
C'est le moment: allons-y!
PAN
PAN
WOUIT
PAN
PAN
PAN
WOUAAAH!
PLOUF

Inutile d'essayer encore de l'atteindre, laissons-le aller : il va être entraîné vers les chutes...

Si je ne parviens pas à atteindre ce rocher, je suis perdu !

Ouf !

WOUAH !

Et maintenant, que faire ?

?

Un arbre !... Ne le laissons pas échapper : c'est peut-être le salut.

Ça va ! Ça va ! Il pivote !

44

Ça y est : nous pouvons passer.

Nous sommes sauvés, Milou !

Et maintenant, il s'agit de savoir où nous sommes...

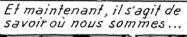

Pendant ce temps...

Caramba ! Écoute ceci, Ramon...

Un drame en mer. Le paquebot VILLE-DE-LYON est la proie des flammes. Les passagers et l'équipage ont pu être sauvés. La cargaison et les bagages sont perdus.

Le fétiche !... Le fétiche est brûlé !

À moins... À moins que Tintin ne nous ait menti en nous disant qu'il était resté dans sa malle...

Enfin une habitation...

Il s'est égaré et demande l'hospitalité ?... Mais, évidemment, faites-le entrer.

Don José Trujillo, le propriétaire de cette hacienda, sera très heureux de vous recevoir.

Et le soir...

Alors, ce fleuve, c'est le Badurayal ?... N'est-ce pas quelque part le long de ce fleuve qu'habitent les Arumbayas ?

En effet. Mais rares sont ceux qui osent s'aventurer de ce côté-là : les Arumbayas sont les plus féroces Indiens de toute l'Amérique du Sud. Le dernier qui ait tenté le voyage était un explorateur anglais : Ridgewell. Il est parti il y a plus de dix ans : jamais on ne l'a revu.

Oh ! Oh !

Croyez-vous que quelqu'un consentirait à m'y conduire ?

?

Le lendemain...
Voilà Caraco, un Indien qui connaît très bien le fleuve. Mais je doute qu'il ose aller... là-bas.

Je voudrais descendre le fleuve. Veux-tu me servir de guide?

Si, señor.

C'est que... je voudrais aller chez les Arumbayas...

!

Arumbayas! Ça très mauvais!... Moi pas aller!

Froussard!

Allons, Caraco, réfléchis: regarde ce que je t'offre...

Caraco ira. Mais Caraco très pauvre: toi encore acheter le canot de Caraco.

Soit, je te l'achète.

Moi savoir autre señor blanc vouloir aller chez Arumbayas. Longtemps déjà; très longtemps. Et le señor blanc...

Oui, je sais: il n'est jamais revenu...

Et ça ne t'émeut pas plus que ça?

Plusieurs jours ont passé...

Bientôt nuit, señor...

C'est vrai, il va falloir s'arrêter.

Demain, nous arriver pays des Arumbayas.

Bonne nuit, señor...

Bonne nuit, Caraco.

Le lendemain matin...

Tiens! où est Caraco?

Le canot est pourtant toujours là...

46

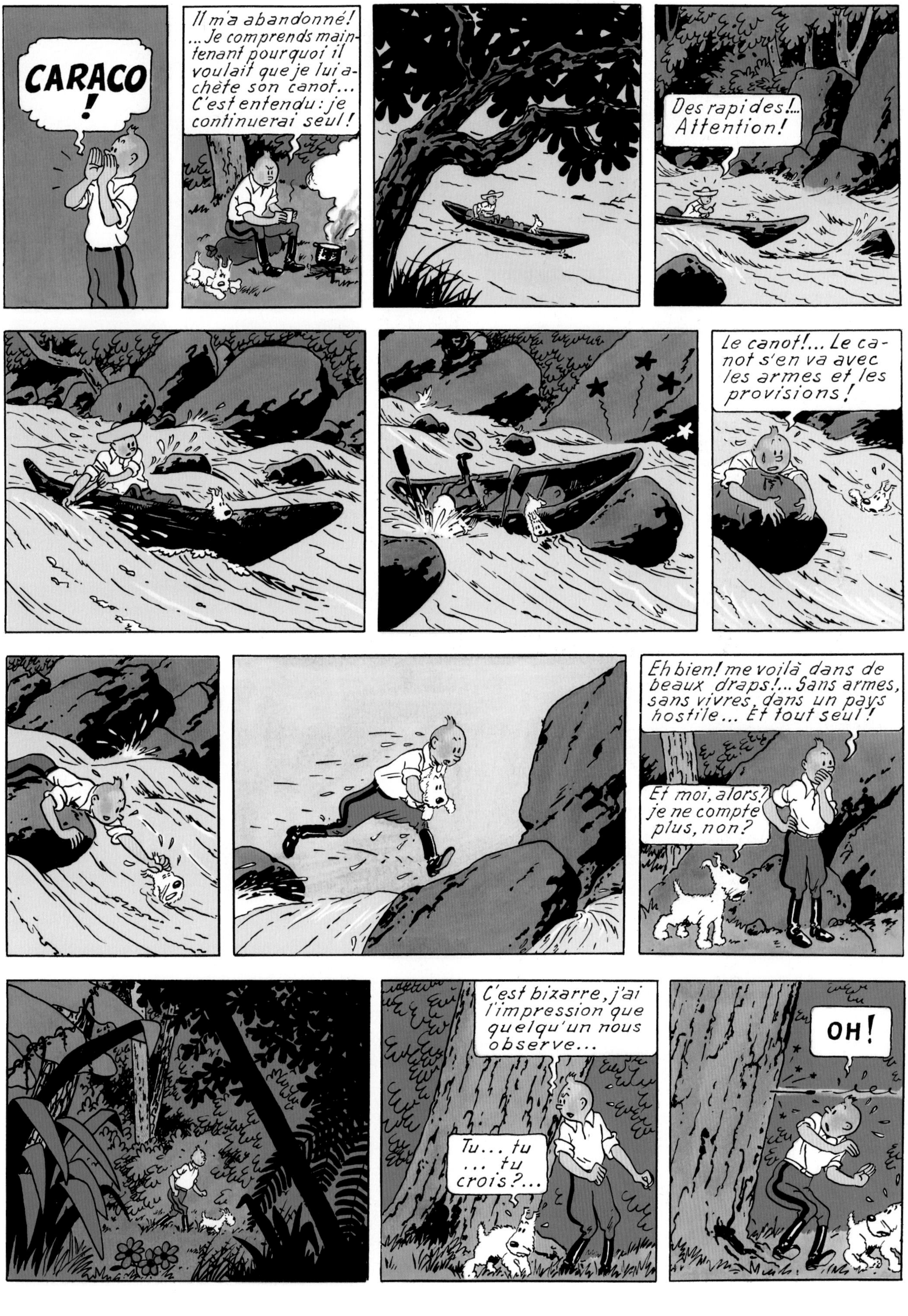
CARACO!
Il m'a abandonné! ... Je comprends maintenant pourquoi il voulait que je lui achète son canot... C'est entendu: je continuerai seul!
Des rapides!... Attention!
Le canot!... Le canot s'en va avec les armes et les provisions!
Eh bien! me voilà dans de beaux draps!... Sans armes, sans vivres, dans un pays hostile... Et tout seul!
Et moi, alors? je ne compte plus, non?
C'est bizarre, j'ai l'impression que quelqu'un nous observe...
Tu... tu ... tu crois?...
OH!

Une fléchette!... Elle est sûrement empoisonnée! Souviens-toi, Milou : le curare!

?!*☆
?!☆

Je n'entends plus rien : ils ont sans doute perdu ma piste...

?

Grands lâches! Montrez-vous donc si vous n'avez pas peur!

Tintin, tu vas te faire tuer!

WOUAH!

!

Ça, par exemple!

Un Blanc!

Qui êtes-vous ?... Et que venez-vous faire dans ce pays?

Je me nomme Tintin. Et vous, qui êtes-vous?

Mon nom est Ridgewell.

Ridgewell? L'explorateur? Mais tout le monde vous croit mort!

Tant pis! Ou plutôt tant mieux, car j'ai décidé de ne plus jamais retourner dans le monde civilisé. Je suis heureux ici, parmi les Arumbayas dont je partage la vie...

Et dont vous avez même adopté les armes. Que signifiait la petite comédie des fléchettes?

Je voulais seulement, par cet accueil peu encourageant, vous décider à quitter tout de suite le pays. Croyez-moi, si j'avais voulu vous tuer, il ne m'aurait fallu qu'une seule fléchette. D'ailleurs, je vais vous le prouver. Voyez-vous cette grande fleur, là-bas?

Oui.

Bra- vo!...

?

WOUAAAAH!

Aoh! I'm sorry!...

WOUAAAAAH!

Rassurez-vous : la fléchette n'était pas empoison- née. Voici mon mouchoir pour le panser.

Et maintenant, expliquez-moi ce que vous êtes ve- nu faire dans ce pays...

Eh bien, voilà. Un fétiche arum- baya, rapporté par l'explorateur Walker, et qui se trouvait dans un musée, en Europe, a été volé et remplacé par une copie. Je m'en suis aperçu et j'ai pour- suivi jusqu'en Amérique du Sud...

...deux hommes qui, com- me moi, étaient sur la pis- te du véritable fétiche et de celui qui l'avait vo- lé. Ils ont tué le voleur et lui ont repris le fétiche. Or ce fétiche-là, lui aus- si, était faux!... Où se trouve le véritable, c'est ce que je ne suis pas en- core parvenu à savoir.

De même que je ne sais pas encore quel est le but pour- suivi par Tortilla (c'est le nom du premier voleur) et par ses meurtriers, en essayant de s'approprier cet objet. Cela reste, pour moi, un mystère. Et j'ai pensé qu'ici, peut-être...

...chez les Arumbayas, j'apprendrais du nou- veau.

Peut-être, en effet, il est pos- sible que...

Les Bibaros!... Les ennemis des Arumbayas!...

Ce qu'ils vont faire de nous ? C'est très simple : nous couper la tête ; puis, par un procédé très ingénieux, la réduire à la grosseur d'une pomme !

Toth koropos ropotopo barak'h!... Ah! Ah! ah!

C'est bien ce que je pensais. Il dit que nos têtes s'ajouteront bientôt à sa collection!

Ils sont partis... Milou, il faut absolument sauver Tintin.

Si je parvenais à trouver le village des Arumbayas et si je leur apportais cet objet, ils comprendraient peut-être que son propriétaire est en danger...

Pendant ce temps, chez les Arumbayas...

Les Esprits m'ont dit que, pour être guéri, ton fils devait manger le cœur du premier animal que tu rencontrerais dans la forêt...

Bien, puissant sorcier.

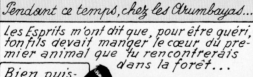

Quel drôle d'animal!... Que porte-t-il dans la queule?... Un carquois! C'est bizarre! ... Je vais plutôt essayer de le capturer vivant...

Regardez, sorcier. Ce linge appartient au vieillard blanc; ce carquois aussi. Peut-être le vieillard blanc est-il en danger?

De quoi te mêles-tu?... Donne-moi cet animal et va-t'en!... Je vais le tuer, lui arracher le cœur et le donner à manger à ton fils. Va-t'en!

Et si tu racontes un seul mot de tout ceci, j'appelle sur toi et sur toute ta famille la vengeance des Esprits et vous serez tous changés en grenouilles!

Pas de danger: il ne bavardera pas. Mais il a raison: le vieillard blanc doit être en danger. Tant mieux! Qu'il meure! Ainsi je reprendrai mon pouvoir sur les Arumbayas. Et maintenant, avant de tuer cet animal, détruisons tout ceci, qui pourrait me trahir...

Esprits de la forêt, nous vous sacrifions ces deux étrangers...

Arrête, ô chef des Bibaros, les Esprits de la forêt n'acceptent pas ce sacrifice!

Ces deux étrangers sont leurs amis. Tu vas leur rendre la liberté.

B... b... bien!

C'est de la sorcellerie!

De la sorcellerie?... Vous n'avez pas compris que c'était moi qui parlais?... Je suis ventriloque. La ventriloquie, mon jeune ami, c'est mon violon d'Ingres!

Çà, par exemple!

Frères Arumbayas, vous allez assister à une guérison extraordinaire...

Ça va mal!

Arrachons le cœur de cet animal et donnons-le, tout palpitant encore, au jeune malade...

AAAH!

Le vieillard blanc!

Ah! le gredin!... Heureusement que tu as eu l'idée d'aller à notre recherche, Bikoulou, sinon nous arrivions trop tard.

Je vous présente Kaloma, le chef des Arumbayas.

Toth nopah karpatoto s'ch!...! Karah bistoup!

Tout le plaisir est pour moi...

Nokho. Ara no pikuri klana opoh? Tintin zouka da pikuri. Wetche douvanet?

Pikuri? Moyâ, moyâ. Pikuri toth narobo wa Walker. Moh wanaah di albabas wekwourhêt, Arumbayas kwout. Hua moro blinksthin oukwekh. Ewanah? Arumbayas luphokno di albabas. E-nalh hemoul khappouth!

Je viens de questionner le chef au sujet du fétiche, et voici ce qu'il m'a dit : je pense que cela vous intéressera...

Je vous écoute.

? ?

Imbéciles!

Wé houngoun! stoum érikos! Ke mahal onerdecos s'ch proporos rabarokh!

Jamais je n'aurais dû essayer de leur enseigner le golf: ils n'arriveront jamais à jouer convenablement!

Mais revenons au fétiche. Les anciens de la tribu, m'a dit le chef, se souviennent encore de l'expédition Walker. Ils savent qu'un fétiche fut offert à Walker en signe d'amitié, au cours de son séjour parmi la tribu. Mais lorsque les explorateurs eurent quitté le pays...

...les Arumbayas constatèrent qu'une pierre sacrée avait disparu. C'était une pierre qui, paraît-il, préservait des morsures de serpent celui qui l'avait touchée. On se souvint qu'un métis nommé Lopez, interprète des explorateurs, avait souvent rôdé près de la case où cette fameuse pierre était gardée.

Furieux, les Arumbayas se mirent à la poursuite de l'expédition, la rejoignirent et massacrèrent à peu près tout le monde !... Walker, lui, emportant le fétiche, parvint à s'échapper. Quant au métis, quoique grièvement blessé, il parvint également à s'enfuir. Et la pierre, un diamant sans doute, ne fut jamais retrouvée. Voilà ce que le chef m'a dit.

Je comprends à présent : tout devient clair !...

Écoutez !... Le métis vole la pierre sacrée et, pour ne pas être soupçonné, il la dissimule dans le fétiche. Il pense pouvoir la reprendre bientôt...

Mais les Arumbayas attaquent l'expédition et Lopez, blessé, doit s'enfuir sans avoir pu reprendre le diamant. Et voilà !... Le diamant est toujours dans sa cachette et c'est pourquoi Tortilla, d'abord, ses deux meurtriers ensuite, ont essayé de voler le fétiche.

Cela me paraît vraisemblable, en effet.

Il ne me reste plus maintenant qu'à retrouver, ce fameux fétiche et à rentrer en Europe.

Quelques jours après...

Pendant ce temps...

RÉPUBLIQUE DU SAN THEODOROS

AVIS

DÉSERTEURS

ALONZO PEREZ
RAMON BADA

Il nous faudrait absolument un canot...

Là-bas !...En voilà un et yé n'y vois qu'oune seulé personne... Mais...est-cé qué yé rêve ?... Cette personne ...

Caramba! C'est Tintin...

Nous allons nous reposer un instant, avant de poursuivre notre route...

Comme on se retrouve, hein !

?

À nous deux! Sais-tu que le paquebot "VILLE-DE-LYON" a été complètement détruit par un incendie ?...

Vrai ?...

Oui, c'est vrai ! Et le fétiche que tu avais laissé dans ta malle, est détruit, lui aussi !...Et tout ça, c'est à cause de toi !...Tu vas nous le payer cher !...

Mais non, le vrai fétiche n'était pas à bord !... Je vous ai dit ça...

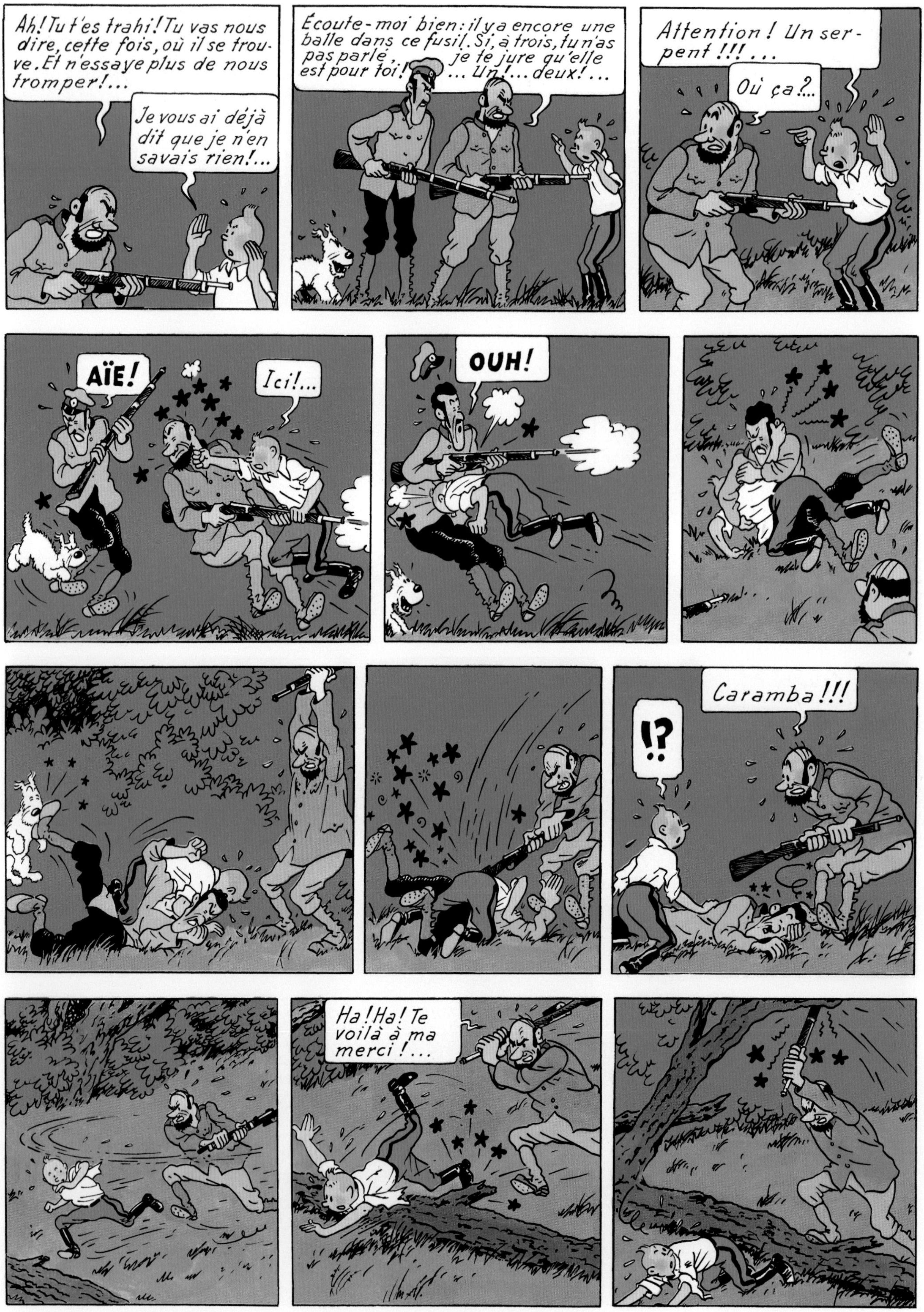
Ah! Tu t'es trahi! Tu vas nous dire, cette fois, où il se trouve. Et n'essaye plus de nous tromper!...
Je vous ai déjà dit que je n'en savais rien!...
Écoute-moi bien: il y a encore une balle dans ce fusil. Si, à trois, tu n'as pas parlé, je te jure qu'elle est pour toi! ... Un!... deux!...
Attention! Un serpent!!!...
Où ça?...
AÏE!
Ici!...
OUH!
!?
Caramba!!!
Ha! Ha! Te voilà à ma merci!...

Voilà!... Et maintenant qu'ils sont hors d'état de nuire, voyons un peu ce que contient ce portefeuille.

HO! HO!

...je vais mourir... ...ion Walker et le diamant dans le fétiche à l'oreille cassée
Lopez

Où avez-vous trouvé ce billet? Répondez!...

A bord du bateau qui nous amenait en Europe; c'est Tortilla qui l'avait perdu. Mais à ce moment, nous ne le savions pas. Ce n'est que le jour où nous avons appris le vol du fétiche que nous avons compris la signification de ce papier. Et c'est alors que nous avons décidé de reprendre le fétiche à Tortilla...

Parfait!... Il resterait encore à savoir comment Tortilla était entré en possession de ce papier. Mais il est mort et nous ne le saurons sans doute jamais!... Et maintenant, Messieurs, en route!

Et marchez droit!...

Que comptez-vous faire de nous?

C'est bien simple: vous livrer à la justice; je crois que vous l'avez bien mérité!

Nous livrer à la justice? Hé! Hé!

!

Croyez-moi, mon petit, il ne faut jamais vendre la peau de l'ours...

Vas-y! Débarque-le!...

?

Attrape!

Bravo!

Et voilà!...

Son compte est bon! Regarde, Alonzo. Les pirhanas, ces féroces poissons carnivores, sont déjà là!

Caramba! Je n'ai pas encore frappé assez fort! Regarde: il est revenu à lui... Il regagne la rive...

Bah! Laissons-le!... Nous serons à Sanfacion bien avant lui...

Impossible, pour le moment, de songer à les rattraper...

Mon vieux Milou, un peu de courage. Nous allons devoir continuer notre route à pied...

En avant!

Et quelques jours après...

Enfin! Nous voilà à Sanfacion! J'ai bien cru que nous n'y arriverions jamais!...

Pour l'Europe? Ah! Il y a eu un départ hier. Maintenant, il faudra attendre huit jours!

Huit jours à attendre! Bah! profitons-en pour nous reposer et nous remettre à neuf!

Ecoute ça, Milou!... "La mission scientifique qui vient de rentrer du Gran Chapo a déclaré qu'elle n'avait pas trouvé trace de pétrole dans cette région»

Huit jours plus tard...

Allo, allo!... On annonce qu'un armistice vient d'être conclu entre le Nuevo Rico et le San Théodoros. Tout porte à croire que la paix sera signée très prochainement.

Nous voici de retour. Heureux de se retrouver dans son pays, hein, Milou? Si maintenant nous parvenions à dénicher ce fameux fétiche, tout serait parfait!

ANTIQUITES

?

Ça, par exemple, c'est inouï!

Dire que j'ai fait des milliers de kilomètres pour retrouver cet objet!

200 Frs!... C'est pour rien!... Mais, j'y songe, j'aurais dû demander comment ce fétiche était arrivé là.

!?!...Pourtant, il n'y a pas d'erreur: ils ont tous les deux l'oreille cassée! C'est incroyable!

Cette fois, je saurai d'où ils proviennent!...

Bonjour, Monsieur. Pourriez-vous me dire qui vous a procuré ces deux fétiches?

Ah, voui, les teux bédits védiches... Qui me les a brogurés?...

Ça n'a pas été sans peine, mais enfin j'ai l'adresse: M. Balthazar, 32, rue du Mouton d'Or. C'est tout près; allons-y!...

C'est ici.

Nous y sommes.

Vous êtes bien M. Baltha-zar? le frère du sculp-teur qui...

Oui, c'est moi. Que désirez-vous?

Je voudrais savoir comment vous avez découvert le fétiche qui vous a servi de modèle...

Oh! Bien simple-ment... C'est en fouillant dans les vieilleries de feu mon frère. Ce fétiche se trouvait au fond d'une malle. Mais pour-quoi cette question?

Heuh!... Pour rien!... Mais alors, vous avez donc l'original?

C'est curieux! Quel-qu'un est venu, il y a trois jours, me po-ser les mêmes ques-tions!... Non! Je ne l'ai plus: je l'ai ven-du! Mais je puis vous donner l'adresse de la personne qui me l'a acheté...

M. Samuel Goldwood! Un ri-che Américain! Milou, à nous l'honneur d'avoir re-trouvé le véritable fétiche!...

Je désire-rais parler à M. Gold-wood.

M. Goldwood est absent, Monsieur.

Mais, Monsieur, je...

C'est bien, je vais l'at-tendre!

Mais, Monsieur, vous attendrez longtemps...

Ça ne fait rien, mon ami, j'ai le temps.

Mais, Monsieur, Mon-sieur Goldwood est parti pour l'Améri-que!...

Pour l'Amé-rique!!!... Oh!...

...Il s'embarquait ce ma-tin sur le WASHINGTON. Peut-être, en vous hâ-tant...

...et naturellement, il a emporté le féti-che avec lui: c'est bien ma chance!...

Pardon... Mons... Mon-sieur, le... le... WAS... le WASHINGTON?...

Si c'est pour vous embarquer, vous arrivez un peu tard: voilà une demi-heure qu'il est parti!...

58

Mais si vous tenez absolument à le rejoindre, vous pourriez peut-être prendre un avion: la base est à deux minutes d'ici...

...rattraper le WASHINGTON?...Hem! Peut-être!... Il y a justement un hydravion qui doit le rejoindre et lui remettre du courrier...

Déjeuner, Messieurs, Dames!... Premier service!...

Le voilà, ce Goldwood. Il va déjeuner profitons-en!....

Ramon!...Ramon!... Regarde!... Je l'ai!

Voilà le courrier...

Mais le diamant, lui, où est-il?...

À l'intérieur, sans doute!

Écoute, mon vieux: nous ne pouvons pas rester plus longtemps ici; nous risquons d'être surpris!...Emportons le fétiche dans notre cabine: nous y serons plus à l'aise pour cher---cher!...

Tiens! Il y a un passager...

Je voudrais parler immédiatement à un de vos passagers, M. Goldwood.

M. Goldwood? Vous le trouverez à la salle à manger des premières.

Pourvu que j'arrive à temps!

! ? TINTIN!

Haut les mains!

OH!

Le diamant!

Attention, le diamant!

Il va tomber à l'eau!

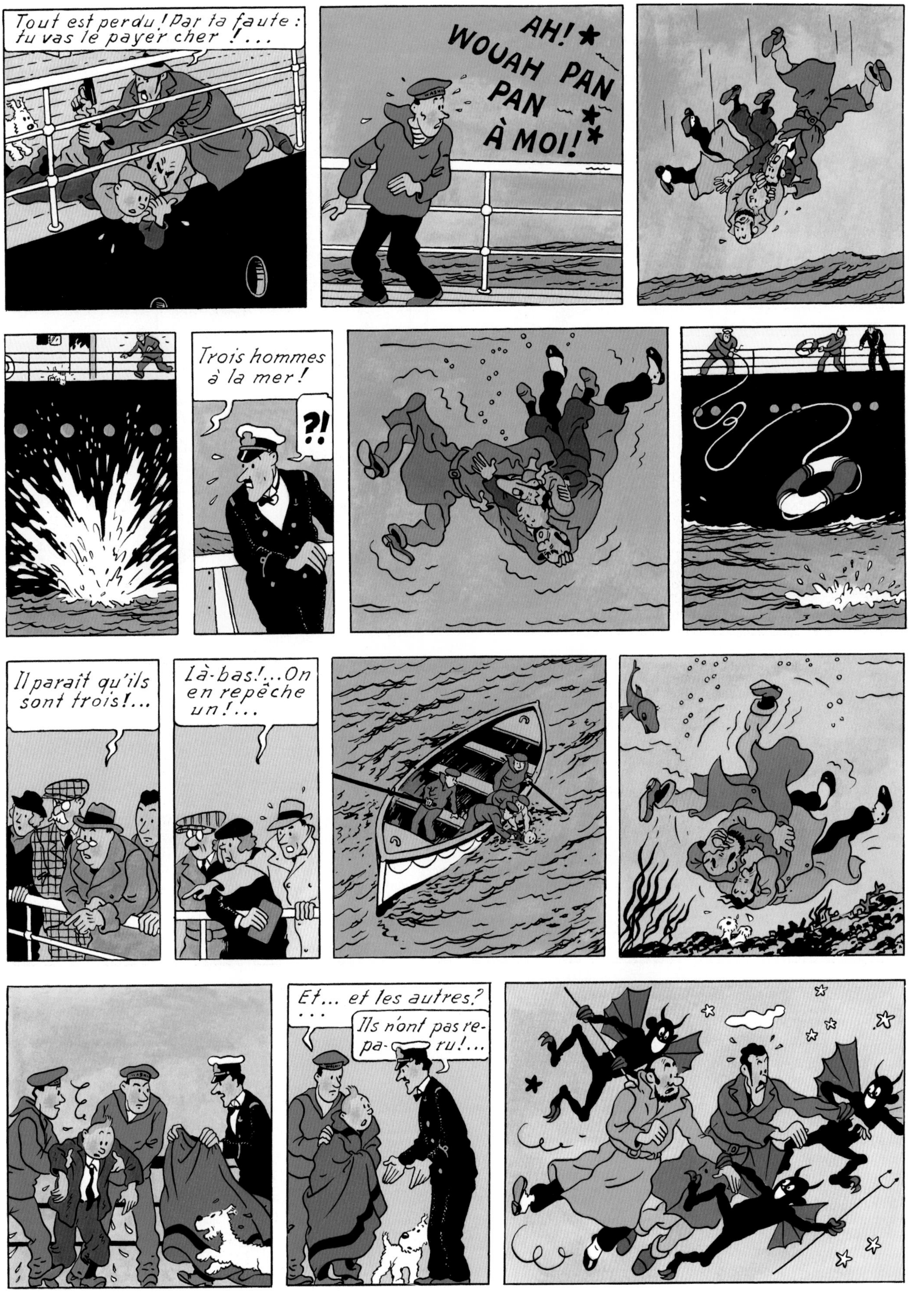
Tout est perdu ! Par ta faute : tu vas le payer cher ! ...
AH!
WOUAH PAN PAN
À MOI!
Trois hommes à la mer !
?!
Il paraît qu'ils sont trois!...
Là-bas!...On en repêche un!...
Et... et les autres? ...
Ils n'ont pas re-paru!...

Ooooh! Mon féti-che! Mon beau fétiche!...

?

M. Goldwood, sans doute? Je suis désolé qu'il soit arrivé malheur à votre fétiche! Je vais tout vous expliquer...

?

...et d'abord, il faut que vous sachiez que ce fétiche a été volé!...

Volé! Mais je...

Oui, je sais que vous l'avez acheté et je suis convaincu que le vendeur était, lui aussi, de bonne foi, mais...

S'il en est ainsi, je ne garderai pas cet objet un instant de plus. Puisque vous allez retourner en Europe, puis-je vous prier de le restituer au musée auquel il appartient?

EE ETHNOGR

Puis-je voir Monsieur le Conservateur?

Et à présent, mon vieux Milou, nous allons prendre un repos bien mérité!

Wouah! Wouah!

Toréador en ga-a-a-arde Toréador

N° 3542 FÉTICHE ARUMBAYA
La tribu des ARUMBAYAS habite le long du fleuve BADURAYAL, sur le territoire du Parc de la RÉPUBLIQUE de SAN THÉODOROS (AMÉRIQUE du SUD)

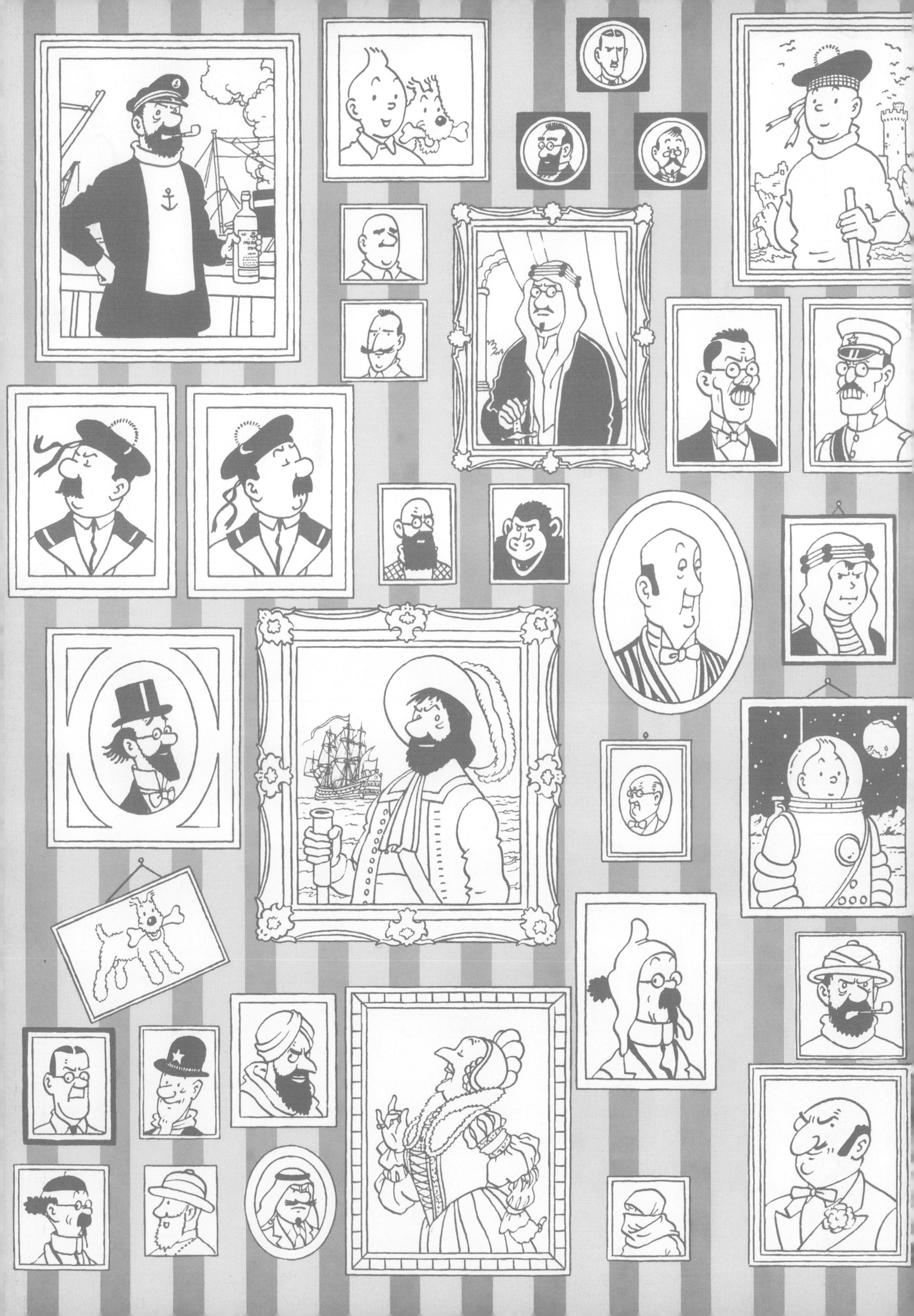